Nora Luttmer

TOTENKRANZ

atb aufbau taschenbuch

Nora Luttmer, Jahrgang 1973, lebt in Hamburg und arbeitet als Autorin und freie Journalistin. Sie hat Südostasienkunde mit dem Schwerpunkt Vietnam in Passau, Paris und Hanoi studiert. Seit Mitte der neunziger Jahre besucht sie immer wieder Hanoi und spricht unter anderem Vietnamesisch.

Als Aufbau Taschenbuch erschienen von ihr bisher zwei Romane um den Ermittler Ly: »Schwarze Schiffe« und »Der letzte Tiger«.

Für Kommissar Ly bietet der mysteriöse Fall in der Neujahrsnacht die große Chance, wieder in den Dienst zurückzukehren. Doch durch politische Verwicklungen wird die Aufklärung erschwert. Die Spuren führen Ly in ein Dorf außerhalb Hanois. Er stößt auf korrupte Kader, dubiose Bauprojekte und Landraub. Schnell merkt Ly, dass er sich auf einem Minenfeld bewegt. Dann stößt er auf etwas, das er lieber nicht herausgefunden hätte.

NORA LUTTMER

TOTENKRANZ

KOMMISSAR LY ERMITTELT

Kriminalroman

atb aufbau taschenbuch

MIX
Papier aus verantwortungsvollen Quellen
FSC® C083411

ISBN 978-3-7466-3161-5

Aufbau Taschenbuch ist eine Marke
der Aufbau Verlag GmbH & Co. KG

1. Auflage 2015

Einbandgestaltung www.buerosued.de, München
unter Verwendung eines Motivs von © Mark Keelan 7 / Getty Images
Gesetzt in der Sabon durch die LVD GmbH, Berlin
Druck und Binden CPI books GmbH, Leck, Germany
Printed in Germany
www.aufbau-verlag.de

Bui Dai saß auf einem Schemel in der zum Hof geöffneten Tür. Seinen grünen Motorradhelm hatte er in den Nacken geschoben, die Ellenbogen auf die Knie gestützt. Draußen war es nasskalt. Zehn Grad Celsius und ein feiner Nieselregen, der seit Tagen anhielt. In der Senke hinter dem Deich hing noch Nebel.

Bui Dai sog den vertrauten Geruch von Dung und nassem Gras ein und ließ seinen Blick über die Landschaft gleiten. Abgeerntete schlammig-braune Reisfelder, darüber der graue Himmel. Der Lehmboden im Hof war so durchnässt, dass er das Wasser nicht mehr aufnahm und es knöchelhoch auf dem Boden stand.

Es war still. Das Einzige, was Bui Dai hörte, war sein eigener Atem. Er schlang die Arme um seinen Körper und spürte, wie er zitterte. Mit der Zunge fuhr er sich über die Lippen. Sie schmeckten salzig. Er musste geweint haben, ohne es zu merken. Er sah zu seinem Sohn hinüber, der mit dem Rücken an die Wand gelehnt auf dem Boden saß. Trotz seiner zwanzig Jahre sah er aus wie ein Kind. Er hatte die Augen geschlossen und die Stirn gegen den Lauf der Schrotflinte gedrückt, die er sich zwischen die Beine geklemmt hatte.

»... wir teilen Ihnen mit, dass Sie innerhalb von zwei Monaten Ihr Land zu räumen haben.« Bui Dai konnte sich noch genau an seine Verzweiflung erinnern, als er den Brief erhalten hatte. Von der Entschädigung, die die Gemeindeverwaltung ihm angeboten hatte, hätte er niemals neues Land kaufen können, von dem er leben konnte.

Er würde nicht gehen, er konnte nicht einfach so gehen.

Sie hatten versucht, ihn einzuschüchtern. Erst waren sein Wasserbüffel vergiftet und seine Karpfenteiche sabotiert worden, dann hatten sie seine Tochter zwei Tage auf der Polizeiwache festgehalten. Er hatte nicht gewusst, wo sie war, und sie hatte ihm später nie erzählt, was auf der Wache geschah.

Seine Klage gegen die Enteignung hatte das Gericht gar nicht erst zugelassen. Er solle sich gefälligst wie ein Patriot verhalten, hatte ihm einer der Gerichtskader an den Kopf geworfen. Infrastruktur sei wichtig für die Entwicklung des Landes.

Was Luxusappartements mit Infrastruktur und Patriotismus zu tun haben sollten, verstand er nicht. Denn das war es doch, was die auf seinem Land bauen wollten. Aber er verstand so vieles nicht mehr, was um ihn herum passierte. Das hatte alles nichts mit dem zu tun, wofür er als junger Mann gekämpft hatte. Wofür sie alle einmal gekämpft hatten. Jeder Einzelne von ihnen.

Er sah sie nicht kommen, aber er hörte sie. Motoren-

geräusche, die immer lauter wurden. Der Boden vibrierte, als würden Panzer vorfahren. In seinem Inneren krampfte sich alles zusammen.

Langsam stand Bui Dai auf, schloss die Tür und trat neben das offene Fenster, so dass man ihn von draußen nicht sehen konnte. Sein Sohn war ebenfalls aufgestanden und stellte sich jetzt neben ihn. Dieses Zucken seines rechten Mundwinkels, das Flackern in seinen Augen. Er kannte seinen Jungen gut genug, um zu wissen, wie nervös er war. Er hätte ihn wegschicken sollen, als noch Zeit dazu gewesen war. Er legte ihm eine Hand auf den Arm. Gerne wollte er ihm sagen, er brauche keine Angst zu haben. Aber das wäre eine Lüge gewesen.

Die Motorengeräusche wurden lauter, und sein Herz pochte immer heftiger. Als die Jeeps um die Ecke schossen und scharf vor der Hofeinfahrt bremsten, meinte er, kaum noch Luft zu bekommen. Drei Jeeps zählte er, außerdem einen Mannschaftswagen und zwei Bulldozer. Mit so vielen hatte er nicht gerechnet.

»Kommen Sie aus dem Haus«, dröhnte eine blecherne Stimme aus dem Lautsprecher, der auf einem der Jeeps installiert war.

Die Motoren der Bulldozer liefen mit einem hustenden Knattern aus.

Die Männer in den Fahrzeugen warteten. Er wartete. Die erneute Stille wurde nur von heiserem Kläffen durchbrochen, das aus einem der Wagen drang. Irgendwann öffnete sich die Tür des Mannschaftswa-

gens. Männer in Kampfanzügen, mit dicken, schusssicheren Westen sprangen heraus. Er sah die Hunde, die an ihren Leinen zerrten. Panik stieg in Bui Dai auf.

Er wollte einen Warnschuss abgeben, aber seine Hände zitterten so sehr, dass er kaum das Gewehr halten konnte. Atme ruhig, sagte er sich.

Er sah, wie die Männer von den Wagen weg zur Mauer rannten, die seinen Hof umgab.

Wieso nur war dieses Räumungskommando so gut ausgerüstet, fragte er sich. Sie konnten doch unmöglich wissen, dass er bewaffnet war. Und schon gar nicht, dass er auf seinem Grundstück Minen verlegt hatte. Mit dem wenigen, was er mit seinem Geld auf dem Schwarzmarkt hatte bekommen können, hatte er sie selbst gebaut. Das zumindest hatte er im Krieg gelernt. Und doch, sie mussten es wissen. Einer der Männer dort draußen trug ein Minensuchgerät vor sich her. Mit den Augen suchte Bui Dai die Gegend ab. Hielt Ausschau nach den Details. Er wusste aus Erfahrung, wie wichtig es war, die Details zu kennen. Und da entdeckte er sie: den Gemeindevorsteher, der die Enteignung unterschrieben hatte, und den lokalen Polizeichef. Sie standen beisammen, seitlich hinter einem der Jeeps. Beide feist und fett. Verdammte Bastarde.

Bui Dais Wut verdrängte mehr und mehr seine Angst. Er spürte, wie er langsam immer ruhiger wurde.

Er hob sein Gewehr, legte den Zeigefinger auf die

Krümmung des Abzugs. Er kniff die Augen zusammen, zielte und drückte ab. Die Flinte riss nach oben. Er spürte den Kolben hart an seiner Schulter. Erde flog auf. Der Polizeichef sprang zurück. Der Gemeindevorsteher duckte sich und verschwand hinter dem Jeep. Die Männer in den Kampfanzügen kamen aus ihrer Deckung und rückten näher. Rauchgranaten vernebelten den Hof. Er legte sein Gewehr wieder an und schoss nun blind. Glas splitterte. Jemand schrie. Die Hunde bellten. Er drückte in so schneller Folge ab, dass es wie ein einziger Schuss klang. Das Blut rauschte in seinen Ohren, er konnte nicht einmal sagen, ob die anderen auch schossen oder nur er. Er wechselte die Gewehre, schoss, lud nach, schoss.

Aus dem Augenwinkel sah er, dass sein Sohn auf dem Boden lag. Bäuchlings, zusammengekrümmt, das Gesicht zwischen den Unterarmen vergraben. Sein Körper bebte.

Er wollte sich zu ihm hinunterbeugen. Doch da flammte ein grelles Licht auf, gefolgt von einem dumpfen Knall, der alles erschütterte. Er rang nach Atem. Mit einem Donnern flog die Holztür aus den Angeln. Schmerz durchfuhr ihn, auf seinem rechten Hemdsärmel breitete sich ein roter Fleck aus. Eine zweite Explosion folgte. Das Licht blendete. Er presste die Augen zusammen. Die Druckwelle schleuderte ihn zurück.

☆

Das Geschrei der Hähne weckte Ly. Es war höchstens fünf Uhr morgens, draußen war es noch dunkel. Ly presste sich ein Kissen auf die Ohren, wusste aber, dass er nicht mehr einschlafen würde. Seit Tagen ging das nun schon so. Niemand, der sich nicht für das vietnamesische Neujahrsfest einen Hahn auf dem Dach hielt. Auch Lys Schwiegermutter hatte ihnen für das *Tet*-Fest einen aus dem Dorf mitgebracht. Hauseigene Zucht. Bei den Tieren vom Markt wusste man nie, ob sie nicht aus China kamen. Dort kursierte gerade wieder die Vogelgrippe.

»*Ò ó o … ò ó o …*« Etwas heiser klang das Krächzen der Hähne da draußen auch schon, dachte Ly und musste an die Warnung denken, die jetzt tagsüber fast stündlich über den kommunalen Lautsprecher am Laternenmast vor ihrem Haus lief: »… halten Sie sich von lebenden Vögeln fern. Meiden Sie Geflügelmärkte. Schlachten Sie nicht selbst …«

»*Ò ó o … ò ó o …*« Verfluchte Viecher. Ly konnte es kaum abwarten, dass die Vögel heute Abend endlich allesamt auf den Altären landeten. Er schob das Kissen zur Seite und tastete über Thuy hinweg nach seinen Zigaretten. Seine Frau schien das Gekrähe nicht zu stören, die Kinder, die eng aneinandergeschmiegt auf der Matratze neben dem Bett lagen und beide leise schnarchten, auch nicht. Ly klopfte eine *Thang Long* aus der Packung, zündete sie an und inhalierte tief. Er hielt den Rauch, so lange es ging, in der Lunge, bevor er ganz langsam ausatmete. Das war besser als jeder Kaffee.

☆

Im weißen Licht des Vollmonds zeichneten sich die Konturen des Rohbaus scharf ab. Die Decken waren mit Holzbalken abgestützt. Ein Gerüst aus Bambus, vor dem zerrissene Netze hingen, reichte bis zum Flachdach hinauf. Zur Gasse hin war das Gelände mit einem Zaun aus Wellblech abgesperrt. Die fünf Etagen hatten Tagelöhner innerhalb weniger Wochen hochgezogen. Vor Kurzem hatte hier noch die Halle einer Autowerkstatt gestanden.

Die Tote lag mit dem Gesicht nach unten auf dem Boden. Sie war auf eine Metallstange gestürzt, die aus dem Estrich ragte. Oder jemand hatte sie gestoßen. Die Stange hatte sie aufgespießt. Notdürftig hatte Ly die Frau mit einem Netz zugedeckt, das er von einem der Gerüste heruntergezerrt hatte.

»Noch einen, Herr Kommissar?«, fragte Hao und schenkte, ohne eine Antwort abzuwarten, von dem klaren Selbstgebrannten nach. Hao war Vorarbeiter. Er war als einziger der Arbeiter über *Tet* geblieben.

Die Bauleitung hatte ihm einen Sonderlohn versprochen, wenn er die Baustelle über die Festtage bewachte.

Ly trank das Glas, das Hao ihm eingeschenkt hatte, in einem Zug aus. Der Schnaps brannte im Hals, wärmte Ly aber immerhin etwas. Obwohl es für eine Nacht Ende Januar ungewöhnlich mild war, fror er. Die Backsteine, auf denen sie saßen, waren feucht. So wie das ganze Gebäude feucht zu sein schien.

Er wusste, er sollte nicht hier sitzen und mit dem Vorarbeiter trinken. Aber es war *Tet*, ihm war kalt, und es konnte noch gut die ganze Nacht dauern, bis ein Wagen kam und die Tote abholte. Oder auch nur irgendwer zu seiner Unterstützung kam. Die Neujahrsnacht war die beste Zeit für ein Verbrechen. Der Mörder hatte alle Zeit zu verschwinden. Wenn es denn überhaupt einen Mörder gab. Vielleicht hatte die Frau sich auch nur auf die Baustelle verirrt und war unglücklich gestürzt. Ly schätzte ihr Alter auf mindestens siebzig. Sie hieß Nguyen Thi Thu. In ihrer Jackentasche hatte er ihren Bibliotheksausweis gefunden. Sein Versuch, über die Polizeizentrale ihre Adresse herauszufinden, war allerdings erfolglos geblieben. Die diensthabende Telefonistin hatte ihm gesagt, sie käme über *Tet* leider nicht in die Dateien der Meldezentrale.

Ly schlang die Arme um seinen Oberkörper und rieb die Hände über den dünnen Stoff seiner Jacke. Von der Straße her war kein Laut zu hören. Nur das Knarzen des Bambusgerüstes, dessen Schatten dunkel auf dem Betonboden lag, durchbrach, wenn auch nur sehr leise, die Stille.

»Haben Sie denn auch gar nichts gehört?«, fragte Ly zum wiederholten Male. Hao schüttelte den Kopf. Der flackernde Schein der Öllampe, die zwischen ihnen auf dem Boden stand, ließ seine Gesichtszüge verzerrt erscheinen. Die Haut, die sich über seine vorstehenden Wangenknochen spannte, schimmerte rot. »Nichts. Wirklich. Ich habe geschlafen. Nicht lange, eine Stunde vielleicht.« Er zeigte zu den Matratzen hinüber, die im hinteren Teil des Erdgeschossraumes lagen. Neben den Matratzen stand ein alter Röhrenfernseher, angeschlossen an eine Autobatterie. Über einer zwischen den Betonsäulen gespannten Schnur hingen Socken und ein T-Shirt. »Als ich aufwachte, lag sie da«, sagte Hao. Er lallte. Auch Ly spürte den Alkohol.

Von weit her knallte es dumpf. Am Himmel zerstoben rote Sterne und weiße Funken. Das Feuerwerk, das die Stadt über dem See des zurückgegebenen Schwertes abschoss, hatte begonnen.

»Frohes neues Jahr.« Hao hob sein Glas.

»Sicherheit, Frieden, Gesundheit«, erwiderte Ly, erleichtert, dass das alte Jahr endlich vorbei war.

Es war kein gutes Jahr gewesen. Er war vom Dienst suspendiert worden – wegen eines Stücks Tigerknochenpaste, das er für seine rheumakranke Mutter besorgt hatte. Vor genau zehn Wochen war das gewesen. Zehn Wochen, in denen er morgens nicht gewusst hatte, wieso er überhaupt aufstehen sollte. Die Untätigkeit hatte ihn gelähmt. Er hatte noch mehr getrunken als sonst. Und dann hatte ihn sein Chef vorhin, zwei Stunden vor Mitternacht, auf diese Baustelle geschickt. Ly war sich im Klaren darüber, dass Parteikommissar Hung ihn nur angerufen hatte, weil er über die Feiertage sonst niemand anderen gefunden hatte. Aber das war Ly egal. Er war einfach nur froh, endlich wieder arbeiten zu dürfen.

Die Raketen schossen jetzt in immer schnellerer Abfolge in den Himmel. Dann war es mit einem Mal totenstill. Ly sah auf die Uhr, kaum eine Viertelstunde hatte das Feuerwerk gedauert. Die Stadt wurde auch immer knausriger.

Hao drehte die Schnapsflasche vor seinen Augen hin und her. Sie war leer. »Sollen wir den Fernseher anmachen?«, fragte er.

»Bloß nicht!« Nicht hier, dachte Ly, nicht neben der Toten.

Hao stemmte sich von den Backsteinen hoch und schüttelte die Beine aus. »Dann hol ich mal noch was zu trinken«, murmelte er und ging mit schlurfenden Schritten zu den Matratzen hinüber. Ly lehnte sich an die Mauer in seinem Rücken. Er schloss die Augen, riss sie aber sofort wieder auf. In seinem Kopf drehte es sich. Er versuchte, seinen Blick zu fokussieren.

Hao kam mit einer Flasche *Hanoi 29* in der Hand zurück. Ly stöhnte auf, er dachte, das Zeug wäre längst aus dem Handel gezogen. Es hatte im letzten Jahr mehrere Todesfälle gegeben, weil *Hanoi 29* mit Methanol gepanscht worden war. Aber egal, er hatte sowieso schon viel zu viel getrunken.

Dicht neben Ly blieb der Vorarbeiter stehen. Er atmete schwer und starrte auf das Netz, unter dem die Frau lag. Auch Ly sah jetzt genauer hin. Das Netz bewegte sich. Er spürte, wie sein Puls sich beschleunigte. Schweiß trat auf seine Stirn. Das Netz raschelte. Lebte die Frau doch noch? Das konnte nicht sein. Der Vorarbeiter stützte sich mit einer Hand auf Lys Schulter ab. Seine Stimme war kaum mehr als ein Hauchen. »Das ist der Wind, oder?«

Ly beugte sich vor, streckte die Hand aus, zog sie wieder zurück. Er atmete tief durch, dann streckte er wieder die Hand aus und zog das Netz ein Stück zur Seite.

Die Frau lag noch genauso da wie zuvor. Mit dem Jackenärmel wischte Ly sich über die Stirn. Verfluchter Alkohol.

»Und jetzt?«, fragte Hao. »Wir können sie doch nicht einfach so da liegen lassen.«

Ly zuckte mit den Schultern.

»Können Sie nicht einen Krankenwagen rufen?«, fragte Hao.

Ly sah den Vorarbeiter irritiert an. Dann tastete er in seiner Jackentasche nach dem Telefon. Der Mann hatte recht. Zumindest im Krankenhaus sollte in der *Tet*-Nacht doch jemand erreichbar sein. Sollten die doch die Leiche abholen.

Über die Auskunft ließ er sich mit dem Vietnamesisch-Deutschen Krankenhaus verbinden. Es lag gegenüber von seinem Haus, und Ly wusste, dass es dort eine Leichenhalle gab. Das Gebäude stand versteckt hinter Bäumen direkt an der Straße. Manchmal lagen dort Blumen, und regelmäßig zündeten ältere Nachbarn Räucherstäbchen an. Früher, als Kind, hatte er sich dort aus Angst vor den Geistern der Verstorbenen kaum vorbeigetraut. Und keiner seiner Freunde hatte ihn damals nach Einbruch der Dunkelheit in der Phu-Doan-Straße besuchen wollen.

»Hallo!«, meldete sich eine ruppig klingende ältere Frauenstimme.

»Pham Van Ly hier. Kriminalpolizei. Schicken Sie einen Krankenwagen in die Hang-Chuoi.«

»Momentan kann ich nichts für Sie tun.«

»Das ist ein polizeilicher Notfall.« Ly bemühte sich um einen möglichst strengen Tonfall.

»Wir sind unterbesetzt.«

»Hören Sie …« Ly unterbrach sich und holte Luft. »Schicken Sie sofort einen Wagen. Oder muss erst der Parteikommissar persönlich bei Ihnen vorsprechen?«

Einen Moment sagte die Frau nichts, dann kam nur noch ein Flüstern. »Ich … Sicher. Sicher … Natürlich. Ich schicke sofort jemanden.«

Es dauerte keine zehn Minuten, und der Notarzt stand bei ihnen auf der Baustelle. Mit einem Stirnrunzeln schaute er auf die Tote zu seinen Füßen. »Die ist doch längst tot. Da kann ich ja wohl nichts mehr machen.«

»Nehmen Sie sie mit«, sagte Ly.

»Nee, Herr Kommissar«, sagte der Arzt und lachte. »Die müssen schon Ihre Leute hier wegschaffen. Die gehört in die Pathologie.«

Ly packte den Arm des Arztes und zog den Mann so nah an sich heran, dass er dessen Atem auf seiner Wange spürte. »Sie nehmen die Frau mit«, sagte er in einem Tonfall, der keine Widerrede erlaubte. »Jetzt, sofort.«

Auf dem Rückweg in die Stadt sprach der Arzt kein Wort mit Ly, dafür redete der Fahrer des Krankenwagens ununterbrochen. Ly antwortete hin und wieder mit einem Brummen. Er hatte keine Lust auf ein Gespräch und stieg daher schon vor dem Krankenhaus wieder aus. In den Straßen um den See des zurückgegebenen Schwertes drängten sich die Menschen. Der Krankenwagen würde ab hier sowieso länger brauchen als er zu Fuß.

Familien waren auf dem Weg in die buddhistischen Pagoden und taoistischen Tempel. Luftballonverkäufer waren unterwegs, Frauen mit Popcornkarren, Maroni-Verkäufer. Jugendliche, die sich das Feuerwerk angesehen hatten, standen in großen Gruppen herum, redeten und lachten. Irgendwo unter ihnen musste seine Tochter sein, dachte Ly. Huong hatte sich heute mit Freunden hier verabredet.

Er ging an der St.-Joseph-Kathedrale vorbei und bog in die Au-Trieu-Gasse ein. Der Asphalt war übersät mit Papierschnipseln aus Konfettikanonen. In den Bäumen blinkten Lichterketten. Die meisten Häuser waren zur Straße hin geöffnet. In den Erdgeschossräumen standen mit roten Glücksanhängern geschmückte Orangenbäumchen und Pfirsichzweige. Auf den Gehwegen brannten kleine Opferfeuer. Es windete leicht und schwarze, teils noch glühende Papierfetzen flogen durch die Luft. Der Rauch vermischte sich mit dem Geruch des Schwarzpulvers, den das Feuerwerk hinterlassen hatte, und trieb Ly Tränen in die Augen. Alle paar Meter musste er kurz stehenbleiben und mit Nachbarn und Bekannten Neujahrswünsche austauschen. Von hinten prallte jemand gegen seinen Rücken und zwei Arme schlangen sich um seine Brust.

Es war Huong. Ly wand sich aus ihrer Umarmung und drehte sich zu seiner Tochter um. Sie trug Jeans und eine dünne Daunenjacke in einem knalligen Grün. Die langen Haare hatte sie zu einem Pferdeschwanz gebunden, was sie jünger aussehen ließ als ihre siebzehn Jahre.

»Papa, ein frohes neues Jahr«, sagte sie fröhlich. In einiger Entfernung standen ihre Freunde, von denen Ly die meisten kannte. Huongs Freund Lam war auch darunter.

»Dir auch, mein Schatz«, sagte er. »Schön, dass ich dich treffe. Dann können wir gleich zusammen nach Hause gehen. Es ist spät.«

»Noch nicht«, sagte Huong mit diesem Lächeln, bei

dem Ly ihr nichts abschlagen konnte, auch wenn er wusste, dass sie es schamlos ausnutzte.

Zu Hause zog Ly die Ladengitter auf und rutschte fast auf einer Öllache aus. Sein Bruder hatte trotz des *Tet*-Festes die Arbeit nicht eingestellt. Zumindest hatte er nicht aufgeräumt. Der Boden im vorderen Erdgeschossraum war wie immer übersät mit Motorenteilen, Zündkerzen und Schrauben.

Bei seiner Mutter, deren Kammer mit einem vorgezogenen Schrank vom Rest der Werkstatt abgetrennt war, brannte noch Licht. Angezogen lag sie auf ihrem Bett vor dem Ahnenaltar, die Augen geschlossen. Dem ruhigen Atem nach zu urteilen, schlief sie. Ly deckte sie zu und pustete die Kerze auf dem Altar aus.

Auf der schmalen Metallstiege, die zu der Einzimmerwohnung hinaufführte, in der Ly mit seiner Frau und den beiden Kindern wohnte, kam ihm sein jüngerer Bruder entgegen. Er musste auf dem Flachdach gewesen sein, um seine Opfergaben für die Kräfte des Himmels, der Erde und des Wassers zu verbrennen.

Ohne Ly anzusehen, nuschelte er ein »*chuc mung nam moi*« – ein frohes neues Jahr – und drängte sich an ihm vorbei. Er war nie sonderlich gesprächig gewesen, aber in letzter Zeit redete er kaum noch mit Ly. Ly hatte keine Ahnung, was er falsch gemacht haben sollte oder ob es einfach daran lag, dass sie zu eng beisammenlebten. Seine Familie und die seines Bruders, ihre älteste Schwester mit zwei erwachsenen Kindern, ihre Mutter und eine alte Tante: Alle wohnten sie in dem alten Stadthaus, das sie mit wabenartigen Anbauten an der Fassade und mit Zwischendecken notdürftig erweitert hatten.

»Alles Gute«, sagte Ly betont laut, doch sein Bruder ging einfach nur weiter die Treppe hinunter, ohne sich noch einmal zu Ly umzudrehen. Lys Schwägerin, die mit einem Opfertablett in den Händen folgte, verzog ihren Mund zu einem entschuldigenden Lächeln. »*Van su nhu y*« – dass alle deine Wünsche in Erfüllung gehen – sagte sie mit ihrer sanften Stimme zu Ly.

»Deine auch«, entgegnete Ly.

»Thuy ist noch oben.«

Ly nickte, sah seiner Schwägerin hinterher, wie sie in ihrer winzigen fensterlosen Wohnung im Erdgeschoss verschwand, und fragte sich, wie sie es bloß mit seinem Bruder aushielt. Dann kletterte er über die Metallstiege an der Außenmauer hinauf auf das Flachdach.

☆

Thuy stand mit gebeugtem Kopf vor dem provisorischen Neujahrs-Altar, den Ly am Vortag aus einer Metallplatte und Backsteinen hier aufgebaut hatte. Erst jetzt sah er, dass der Altar nicht plan war. Das Tablett mit den Opfergaben – Äpfel, Chrysanthemen, Betelnüsse, Tee und der Hahn, den Ly am Morgen noch eigenhändig geschlachtet hatte – stand schief. Der Hahn war so fett, dass er kaum in ihren größten Kochtopf gepasst hatte. Jetzt war sein Hals mit einer roten Schnur hochgebunden. In seinem Schnabel steckte eine rote Rose.

Thuy war vollkommen in sich versunken. Erst als Ly sie sacht an der Schulter berührte, bemerkte sie ihn.

»Frohes neues Jahr«, sagte er. Thuy nickte nur, ohne ihn anzusehen. Die Räucherstäbchen waren bereits abgebrannt. Die Reste der papierenen Opfergaben glühten schwach in der großen Metallschüssel auf dem Boden. Ly goss Wodka dazu, und die Flammen loderten hell auf. Thuy nahm ihm die Flasche aus der Hand, vergoss etwas davon auf dem Boden und warf Reiskörner hinterher. Für all die hungrigen Geister, die von der mitternächtlichen Opferzeremonie angelockt worden waren.

Ly schloss die Augen. Er dachte, zumindest in der Neujahrsnacht könnte er mal ein Gebet sprechen. Aber dann fiel ihm nichts ein, und er murmelte nur ein paar unverständliche Worte.

Thuy griff nach seiner Hand und drückte sie. Ein warmes Gefühl durchströmte Ly. Er neigte sich zu ihr, und ihre Blicke trafen sich. Das Feuer funkelte in ihren Pupillen. Thuy war blass, feine Falten lagen um ihre Mundwinkel. Wie schön sie ist, dachte er. Sie wurde mit dem Alter immer schöner. Er legte seine Handflächen auf ihre Wangen, zog ihr Gesicht zu seinem heran und küsste sie. Ihre Lippen waren weich und schmiegten sich an seine, doch nur für den Bruchteil einer Sekunde, bis Thuy ihn von sich stieß. »Du hast schon wieder getrunken.« Sie klang wütend, aber an ihren Augen konnte er sehen, dass sie traurig war.

»Es ist *Tet*«, sagte Ly.

»Ich dachte, du warst arbeiten.«

»Ich war arbeiten.« Er streckte seine Hand aus, um Thuy wieder zu sich heranzuziehen. Er wollte sich jetzt nicht streiten. Doch Thuy trat nur einen weiteren Schritt von ihm weg und schaute ins lodernde Feuer. Tränen schimmerten in ihren Augen. Als sie ihn wieder ansah, lag etwas Fremdes in ihrem Blick, etwas, das Ly nicht zuordnen konnte. Es beunruhigte ihn.

»Ich werde nach Singapur gehen«, sagte sie.

»Was?«

»Mein Chef hat mir angeboten, die Auslandsvertretung für unser Reisebüro zu übernehmen.«

»Aber ... das ...« Ly stammelte. Er spürte, wie ihm heiß wurde. Seine Frau konnte doch nicht einfach gehen. »Wann?«

»Gleich nach *Tet*. Ich muss nächste Woche anfangen.«

»Das kannst du nicht machen«, stieß Ly hervor, atemlos.

»Es ist ein gutes Angebot«, sagte Thuy.

»Die Kinder, sie brauchen dich. Und ...« Ly wollte sagen »und ich auch«. Aber er brachte die Worte nicht heraus.

»Duc nehme ich mit«, sagte sie, so leise, dass Ly sie

kaum noch verstand. Er schüttelte den Kopf. Was erzählte sie ihm da? Sie wollte weggehen, und dann auch noch seinen kleinen Jungen mitnehmen?

»Es ist ja nur für zwei, vielleicht drei Jahre«, sagte Thuy und fügte nach einer kurzen Pause hinzu: »Und für Huong ist es auch eine Chance. Die Universitäten in Singapur sind sehr gut. Sie hat sich das schon alles im Netz angeschaut.«

»Huong? Sie weiß schon davon?«

»Mit irgendjemandem musste ich es ja besprechen. Und du …«

»Du hast ihr davon erzählt und mir nicht?« Er wandte sich ab. Er wollte nicht, dass Thuy ihn jetzt ansah. Er hatte das Gefühl, in seinem Kopf flog alles auseinander.

☆

Am Morgen stand Ly früh auf und schlich sich aus der Wohnung. Er wollte Thuy nicht begegnen – und den Kindern auch nicht.

Wie hatte Thuy das mit Singapur entscheiden können, ohne vorher auch nur einmal mit ihm darüber zu sprechen? Er wurde das Gefühl nicht los, dass das mit dem Jobangebot nur eine Ausrede war. Sie war dabei, ihn zu verlassen. Sie hatte doch längst sämtlichen Respekt vor ihm verloren. Es stimmte ja, er trank zu viel, das wusste er selbst. Aber trotzdem, sie konnte doch nicht einfach so gehen.

Unten im Hof drehte er den Wasserhahn auf und

schaufelte sich mit der Hand kaltes Wasser ins Gesicht. Zumindest seine Tochter hätte ihm etwas von den Plänen verraten können. Sie erzählte ihm doch sonst immer alles.

Er griff nach einem Handtuch, trocknete sich ab und nahm ein Hemd von der Leine, die quer durch den Hof gespannt war. Das Hemd war nicht gebügelt, aber immerhin frisch gewaschen. Auf einem der Regalbretter über der Waschmaschine fand er eine Packung Paracetamol und schluckte zwei Tabletten ohne Wasser hinunter. Er musste sich jetzt auf den Fall konzentrieren. Sich ablenken. Er rief Do Van Dang, den Leiter des technischen Erkennungsdienstes, an, erreichte ihn aber nicht. Sein Mobiltelefon war ausgestellt, oder es hatte keinen Empfang. Sicherlich war Dang bei seinen Eltern oben in den Bergen an der chinesischen Grenze. Ly versuchte es beim Rechtsmediziner Dr. Quang.

»Hallo?«, meldete sich eine verschlafen klingende Stimme.

»Dr. Quang?«, fragte Ly, nicht sicher, ob er wirklich den Rechtsmediziner am Apparat hatte. Als Antwort erhielt er ein bejahendes Murren.

»Pham Van Ly hier. Ein frohes neues Jahr.«

»Lass die Floskeln. Was gibt's?«

Ly erzählte Quang von der toten Frau auf der Baustelle und dass sie nun in der Leichenhalle des Vietnamesisch-Deutschen Krankenhauses lag. »Ich weiß, es ist *Tet*. Aber kannst du dir die Tote trotzdem anschauen?«

»Warte kurz«, sagte der Rechtsmediziner. Ly hörte, wie er leise mit einer Frau sprach, ohne dass er verstehen konnte, was sie sagten. Er überlegte, ob er Dr. Quangs Frau je getroffen hatte. Er konnte sich nicht daran erinnern.

»Ich komme«, sagte Dr. Quang wieder in den Hörer. »Kann aber noch was dauern.«

»Wann ungefähr?«, fragte Ly, doch Dr. Quang hatte bereits aufgelegt. Er würde sich sicherlich melden, sobald er im Krankenhaus war, dachte Ly. Bis dahin musste Ly die Familie der Toten verständigen. Er rief in der Polizeizentrale an. Der Mann, der jetzt Dienst hatte, gab ihm die Adresse durch: 49, Truong-Han-Sieu. Ly fragte sich, wieso die Telefonistin, die er gestern Nacht am Apparat gehabt hatte, ihm das nicht hatte sagen können.

Die Ladengitter vorne zur Straße hin waren bereits aufgezogen. Obwohl die Sonne schien, war es kühl. Lys Mutter lag noch im Bett. Ein leises Summen verriet Ly, dass sie wach war. Er ging zu ihr, wobei er fast in eine der mit Leim beschmierten Pappen getreten wäre, mit denen seine Mutter die Ratten fing. Er setzte sich neben sie auf die Bettkante und legte eine Hand auf ihren Arm. »Mutter, ich wünsche dir ein Jahr voller Gesundheit.«

Seine Mutter sah ihn mit trüben Augen an und lächelte matt. Wie alt sie geworden ist, dachte er und strich ihr zärtlich über den Arm. Dann zündete er

Räucherstäbchen an und steckte sie in die mit Sand gefüllte Schale auf dem Ahnenaltar. Er wusste, wie wichtig seiner Mutter die Ahnenverehrung war. Er zog eine Zigarette aus der goldfarbenen *Vinataba*-Packung, die auf dem Altar lag, steckte sie ebenfalls an und drückte sie neben den Räucherstäbchen in den Sand. Zu Lebzeiten hatte sein Vater immer *Vinataba* geraucht, sollte er sie also auch weiterhin bekommen. Dass die Chinesen Fälschungen auf den Markt geworfen hatten, von denen es hieß, sie würden impotent machen, würde ihm nichts mehr anhaben können. Ein bisschen beneidete Ly seinen Vater darum. Die *Thang Long*, mit denen er selbst sich begnügte, seit diese Kopien im Handel waren, schmeckten lange nicht so gut.

Als er sich wieder zu seiner Mutter umdrehte, war sie eingeschlafen. Er deckte sie zu, zog seine dicke schwarze Daunenjacke über und schob seine Vespa auf die Straße. Er hatte sie einem Nachbarn seiner Schwiegermutter abgekauft, bei dem sie jahrelang ungenutzt in der Scheune gestanden hatte. Sie war dunkelgrün und hatte Chromfelgen. Seine alte rote Vespa hatte er nach Thuys Unfall im letzten Jahr nur noch zum Schrotthändler bringen können.

Er fuhr die Phu-Doan-Straße hinunter. Außer ihm und einem Kriegsversehrten auf einem Dreiradmoped war kein Fahrzeug unterwegs. Stattdessen spazierten Menschen mitten auf der Straße: Männer in Anzügen, Mädchen in rosa Tüllkleidern, Frauen in dicken Mänteln, unter denen die weiten Hosen der traditionellen *ao dais* herausschauten. Kurz vor der Quan-Su-Pagode, aus der die dichten Rauchschwaden der Opferfeuer aufstiegen, kam Ly eine Frau in einem feuerroten *ao dai* entgegen, die ihn an Thuy erinnerte. Dieselbe Figur, derselbe Gang. Ihre hochhackigen Schuhe wurden von der bodenlangen Hose weitestgehend verdeckt. Durch das eng anliegende Oberteil schimmerte ein schwarzer Büstenhalter. Sie fixierte ihn kurz mit ihren hellbraunen Augen und lief dann weiter. An der Hüfte, wo das Hemd geschlitzt war, konnte Ly ihre nackte Haut sehen. Ihr musste eiskalt sein, dachte er, und sah ihr hinterher, bis sie in der Menschenmenge vor der Pagode verschwunden war.

☆

In der Truong-Han-Sieu hingen vor allen Häusern vietnamesische Flaggen, aufgezogen auf langen Bambusstangen. Die Gasse, in der die Tote von der Baustelle gewohnt hatte, musste einen überehrgeizigen Straßenwart haben, dachte Ly. In seiner Nachbarschaft hisste an Feiertagen schon seit Jahren kaum noch jemand die Flagge.

Das Haus Nummer 49 war eine dreistöckige, ehemals weiß getünchte Kolonialvilla. Jetzt war der Großteil des Putzes abgebröckelt, der Rest grün bemoost. Aus dem Ziegeldach wuchsen kleine Büsche. Farn spross an rissigen Stellen aus der Fassade.

Die Mauer, die das Haus umgab, war weitestgehend eingerissen und durch Backstein-Baracken ersetzt worden, deren Türen mit dicken Vorhängeschlössern verriegelt waren. Den Werbeschildern nach zu urteilen, wurden hier, wenn nicht gerade *Tet* war, Nudelsuppen und Reisgerichte verkauft. Im Vorhof zur Villa stapelten sich Bierkisten, hinter denen eine Honda Dream, Fahrräder und ein verrostetes Cyclo standen.

Ly rauchte eine Zigarette, bevor er die Stufen zum Eingang hinaufging. Eine Todesnachricht zu überbringen, fiel ihm immer schwer, aber am *Tet*-Morgen kam es ihm besonders brutal vor.

Die Haustür hing schief in den Angeln. Ly drückte sie auf und trat ein. Im Haus war es kühl und dunkel. Die Stromzähler, die neben dem Eingang an der Wand hingen, verrieten Ly, dass mindestens zehn Parteien im Haus wohnten. Mit Filzstift waren die Namen auf die Zählerkästen geschrieben. Jeder Familie war ein Zimmer zugeteilt, so war es in diesen alten Villen üblich.

Es waren keine Stimmen zu hören. Nirgends lief ein Fernseher. Ly ging ein paar Schritte den Flur hinunter. Die Holzdielen knarrten unter seinen Füßen. Die Türen, die vom Flur abgingen, waren geschlossen. Vermutlich waren die Hausbewohner über *Tet* bei ihren Großfamilien in den Dörfern. Nur ein vielleicht vierjähriges Mädchen in einem pinkfarbenen *ao dai* hockte auf dem Boden und schob Kieselsteine über die Terrakottafliesen. Als es Ly sah, sprang es auf und huschte an ihm vorbei die Treppe hinauf. Kurz darauf hörte Ly Schritte von oben. Eine Frau beugte sich über das Treppengeländer. Sie trug einen Bademantel und hatte ein geblümtes Handtuch um ihren Kopf gewickelt. Vom Alter her, dachte Ly, könnte sie die Großmutter des Mädchens sein.

»Zu wem wollen Sie?«, fragte sie in strengem Tonfall.

»Ich suche die Wohnung von Frau Nguyen Thi Thu.«

»Unter dem Dach, letzte Tür rechts.«

Ly stieg in den zweiten Stock hinauf. Vor der besagten Tür blieb er stehen. Er klopfte. Erst zaghaft, dann fester. Als immer noch niemand öffnete, drückte er die Klinke. Es war nicht abgeschlossen.

Der Raum maß kaum zwei mal drei Meter. Unter der Dachschräge standen ein schmales Feldbett und eine Kommode. Durch ein kleines Fenster, vor dem ein Schreibtisch stand, fiel Licht ein, wenn auch nicht viel. Auf dem Fensterbrett stand eine Vase mit einem Pfirsichblütenzweig. An einem Haken neben der Tür hingen zwei Blusen, eine Hose und ein brauner Umhang, wie ihn viele Frauen zum Gebet in der Pagode überzogen.

Die Tote von der Baustelle hatte alleine hier gewohnt, dachte Ly.

Er zog die oberste Kommodenschublade heraus. Darin lagen Handtücher und Unterwäsche. Er tastete den Boden ab, der mit Zeitung ausgeklebt war.

»Was machen Sie da? Sie können doch nicht einfach in den Sachen wühlen«, hörte Ly eine Stimme in seinem Rücken und drehte sich um. Die Nachbarin, die ihn hochgeschickt hatte, stand im Türrahmen und rubbelte sich mit dem geblümten Handtuch die langen Haare trocken.

Wortlos hielt Ly ihr seinen Polizeiausweis entgegen. Die Frau sah ihn mit zusammengekniffenen Augen an, sagte aber nichts und rubbelte weiter ihre Haare. Ly zog die anderen Kommodenschubladen auf. Die mittlere war leer. In der unteren lagen Stifte, alte Zeitungen, eine Leimdose, Tütensuppen mit der Geschmacksrichtung Huhn. Neben der Kommode stand ein Mülleimer, in dem unter leeren Suppentüten und eingetrockneten Mandarinenschalen ein Weidengeflecht lag. Ly bückte sich und nahm es heraus. Es war ein Kranz, in dessen Zweigen winzige vertrocknete Blüten steckten.

»Leben hier im Haus noch Verwandte von Frau Thu?«, fragte Ly.

»Nein. Sie ist alleinstehend. Keine Kinder.«

»Keine Familie?«

»Nicht dass ich wüsste.«

Ly nickte. »Ich muss Ihnen leider mitteilen, dass Frau Thu tot ist.«

»Tot? Was ist passiert?«

Aus den Worten der Frau hörte Ly weder Trauer noch Mitleid heraus, nur Neugier. »Sie wirken nicht so, als ob es Ihnen leidtäte«, sagte er.

Die Frau zuckte mit den Schultern. »Naja. Frau Thu

war nicht einfach. Als Mitbewohnerin, meine ich. Die Kinder waren ihr zu laut, das Grillfeuer rauchte ihr zu sehr ... sie hatte immer was zu meckern. Und gleichzeitig ...« Sie brach ab.

»Gleichzeitig was?«, fragte Ly und blätterte einen Stoß loser Papiere durch, die auf dem Schreibtisch lagen. Es waren Kopien des Gefängnistagebuchs von Ho Chi Minh.

»Sie hat nie pünktlich ihre Rechnungen bezahlt. Wasser, Strom, Gas ... immer blieben wir anderen auf den Kosten sitzen.« Sie hielt kurz inne. »Ich verstehe ja, ihre Pension als Grundschullehrerin war knapp. Trotzdem. Für die Pagode hatte sie ja auch immer was übrig.«

»War Frau Thu senil?«, fragte Ly.

Die Nachbarin lachte auf. »Nee, alles, aber nicht senil.«

»Wann haben Sie sie zuletzt gesehen?«

»Gestern Abend. Oder Nachmittag. Ich weiß nicht genau.«

»Ich werde mit allen Hausbewohnern sprechen müssen.«

»Vor Ende der Woche ist niemand zurück. Es ist *Tet*.«

Ly seufzte, ja, das war ihm auch klar. *Tet* war wirklich die beste Zeit für ein Verbrechen. Niemand bekam etwas mit. Niemand hatte Zeit, Fragen zu beantworten. Ly schob die Frau aus der Tür, bestrich eines der Papiere vom Schreibtisch mit Leim, zog die Tür von außen zu und pappte das Papier quer über Tür und Türrahmen. »Polizeilich versiegelt«, schrieb er über die Gefängnisaufzeichnungen von Onkel Ho und unterschrieb zusätzlich mit Namen und Dienstgrad. Das musste fürs Erste reichen.

☆

Vor dem Haus sah Ly auf sein Telefon, ob der Rechtsmediziner Dr. Quang nicht doch angerufen und er es nur nicht mitbekommen hatte. Aber es war kein Anruf eingegangen. Er versuchte noch einmal, seinen Kollegen vom technischen Erkennungsdienst zu erreichen, blieb aber erfolglos und beschloss, zur Baustelle zu fahren, auf der die Leiche gefunden worden war.

Das Gespräch mit dem Vorarbeiter ergab allerdings auch nichts Neues. Der Mann war noch betrunkener als in der Nacht zuvor. Oder vielleicht empfand Ly das auch nur so, weil er selbst jetzt nüchtern war.

Von der Baustelle aus fuhr Ly zum Bahnhof. Er brauchte dringend etwas zu essen. Doch in Bahnhofsnähe war keine einzige Garküche aufgebaut. Er kreuzte die Bahngleise und fuhr die Gassen um die dahinter gelegene Markthalle ab. Vögel zwitscherten in den Käfigen, die in Bäumen und an Stromkabeln hingen. Aber bis auf zwei ausländische Touristen, die mit einem Stadtplan in der Hand herumliefen, waren die Straßenzüge ausgestorben. Die Gittertüren vor den

Häusern waren entweder zugezogen oder so mit Tüchern verhängt, dass man nicht in die Ladenwohnungen hineinsehen konnte. Der erste Neujahrstag gehörte der Familie. Eigentlich sollte auch Ly heute mit seiner Familie zusammensitzen. Er jagte den Motor hoch und versuchte, nicht an Thuy zu denken. Es gelang ihm nicht. Er sah sie vor sich, wie sie in Singapur irgendwelche neureichen Chinesen in ihrem Reisebüro bediente. Wut durchströmte ihn – und Eifersucht. Verflucht, dachte er. Thuy hatte ihn heute noch nicht einmal angerufen, um zu hören, wo er war. Zumindest das hatte er eigentlich erwartet.

☆

Schließlich fand Ly in der Zufahrt zum Vietnamesisch-Deutschen Krankenhaus einen *Bun-rieu*-Stand. Die Brühe mit den Tomaten schmeckte fad, die Nudeln waren zerkocht und das Mousse aus Süßwasserkrabben, das in jeder *bun rie*u sein sollte, war eindeutig weggelassen worden. Ly war eigentlich Anhänger des alten Sprichworts, dass das Leben zu kurz war, um schlechte Suppe zu essen. Trotzdem aß er die *bun rieu* auf. So hatte er, als er schließlich die schwere Metalltür zur Leichenhalle aufdrückte, zumindest etwas im Magen.

Die Kälte und der Gestank von scharfen Desinfektionsmitteln nahmen ihm den Atem. Es war fast dunkel im Raum. Eine Schreibtischlampe, die am Kopfende einer Bahre stand, war die einzige Lichtquelle. Vor der Bahre stand Dr. Quang mit dem Rücken zu Ly und redete leise mit sich selbst.

Ly presste sich eine Hand über die Nase, mit der anderen tastete er nach dem Lichtschalter. Er drehte ihn, ohne dass die Deckenlampen auch nur flackerten. Vorsichtig ging er zwischen den Bahren, die sehr eng zusammenstanden, hindurch und versuchte, nirgends anzustoßen. Das Krankenhauspersonal hatte sich nicht einmal die Mühe gemacht, die Toten zuzudecken. Auch zwei Kinder waren unter ihnen. Ly stellte sich unwillkürlich vor, seinen eigenen Kindern würde etwas zustoßen. Der Gedanke versetzte ihn in diffuse Panik. Er schüttelte heftig den Kopf und murmelte ein »*lay troi lay dat*«, seine eigene hilflose Beschwörungsformel, um die bösen Geister – und seine Angst – zu vertreiben.

Der Rechtsmediziner hob den Kopf und sah Ly an. Seine Augen waren blutunterlaufen, die Haare standen wirr vom Kopf. Sein Hemd war mehr als einen Knopf zu weit geöffnet.

»Was ist denn mit dir los?«, entfuhr es Ly. Sein Kollege legte doch sonst immer so viel Wert auf sein Äußeres.

Der Rechtsmediziner verzog seinen Mund zu einem Lächeln. »Nichts weiter. Zu viel Alkohol die letzten Tage. Das ist alles.«

Ly nickte, auch wenn er ihm diese Erklärung nicht ganz abnahm. Dann fiel sein Blick auf die Leiche, die vor ihnen lag: klein, stämmig, ziemlich viel Bauchfett, Glatze. Es war ein Mann. Sein Gesicht war schmerzverzerrt, die Körperhaltung unnatürlich verkrampft. Bis auf karierte Boxershorts und eine Krawatte, die ihm lose um den Hals hing, war er nackt.

»Ein Chinese«, sagte Dr. Quang. »Lebensmittelvergiftung.«

»Quang«, sagte Ly. »Wo ist die Tote von der Baustelle?«

»Zumindest steht Lebensmittelintoxikation in der Akte. Für mich sieht das …«

»Quang«, unterbrach Ly ihn in scharfem Tonfall. »Wo ist die tote Frau?«

Der Rechtsmediziner hob die Hände. »Jaja, schon gut.« Er drehte sich um und ging zu einer Bahre am anderen Ende des Raumes. Ly griff die Schreibtischlampe, die aussah, als stamme sie noch aus sowjetischen Beständen, und folgte ihm. Das verknotete, mehrere Meter lange Verlängerungskabel zerrte er hinter sich her.

»Eine tiefe Wunde im Bauchraum. Sie ist verblutet«, sagte Dr. Quang. Ly betrachtete das Gesicht der Toten. Tiefe Falten hatten sich um Mund und Augen gegraben. Er war sich nicht sicher, ob es Einbildung war, aber er meinte das Gesicht einer verhärmten Frau zu erkennen. Vielleicht ließ er sich aber auch nur von dem beeinflussen, was die Nachbarin der Toten ihm erzählt hatte.

»Ich habe weder Kratzspuren noch Hämatome gefunden«, sagte Dr. Quang. »Nichts, was auf einen Kampf hinweist.«

»Also ein Unfall?«, fragte Ly.

»Alles andere wäre Spekulation. Was sagt die Spurensicherung?«

»Dang habe ich noch nicht erreicht.«

Dr. Quang lachte auf. »Außer uns beiden ist wohl niemand so dumm, an *Tet* zu arbeiten.«

»Scheint so«, sagte Ly.

»Ich denke, es war ein Unfall«, sagte Dr. Quang.

Ly schüttelte den Kopf. Was sollte die Frau in der Neujahrsnacht auf der Baustelle zu suchen gehabt haben? Senil war sie nicht gewesen, wenn Ly der Aussage ihrer Nachbarin glaubte.

Dr. Quang, der Lys Reaktion beobachtet haben musste, sagte: »Versteh schon. Deine Suspendierung. Du brauchst einen vernünftigen Mord, um wieder in den Dienst aufgenommen zu werden.«

»Blödsinn«, sagte Ly, schluckte aber. Ganz so falsch lag sein Kollege damit nicht.

»Ausschließen kann man Mord natürlich nie«, schob Dr. Quang hinterher. »Bei so alten Frauen, da reicht ja oft schon ein kleiner Schubs, und sie stürzen. Also, wenn du unbedingt einen Mord brauchst, schreib ich *mögliche Todesursache Fremdverschulden* in den Bericht.«

Ly machte eine wegwerfende Handbewegung. »Vergiss es. An einen Täter, den es gar nicht gibt, muss ich meine Zeit nun auch nicht verschwenden.«

Die Tür der Leichenhalle schlug laut hinter Ly zu. Also doch kein Mord. Eigentlich sollte er sich darüber freuen, tat es aber nicht. Er überquerte den Hof des Krankenhauses. Zwei Pfleger kamen ihm entgegen und schoben eine Klappbahre über den Kies. Immerhin hatten sie die Leiche diesmal mit einem weißen Tuch zugedeckt. Ly suchte in seinen Taschen nach den Zigaretten. Jetzt erst merkte er, wie müde er war. Er würde ins Präsidium fahren und dort seinen Schlaf nachholen. Seine Familie wollte er heute nicht mehr sehen. Niemanden von ihnen.

☆

Das Präsidium war ein ockergelber Bau aus der französischen Kolonialzeit, mit bodentiefen Fenstern und grünen Lamellenjalousien. Neben dem Pförtnerhäuschen stand der mannshohe Pappaufsteller eines salutierenden Polizisten. Er musste neu sein, Ly kannte ihn noch nicht. In einer Sprechblase neben dem Polizisten stand: »Die Hauptstadt-Polizei arbeitet ehrlich und zuverlässig.« Ly schüttelte den Kopf. Wer dachte sich nur solche Sprüche aus. Das nahm ihnen doch niemand ab.

Er betrat das Präsidium und stieg die Treppe in den zweiten Stock hinauf. Die Tür zu Lans Büro stand offen. Unter dem Tisch lagen Lans flache Sandalen, die sie im Büro immer gegen ihre hochhackigen Pumps ausgetauscht hatte. Es sah aus, als habe sie nur kurz ihren Platz verlassen. Dabei war auch seine Assistentin seit Wochen nicht hier gewesen. Anders als Ly allerdings hatte sie den Dienst freiwillig quittiert. Nach ihrem letzten gemeinsamen Fall, bei dem ihr Freund, auch ein Polizist, erschossen und niemand dafür zur Rechenschaft gezogen worden war, hatte sie alles hingeworfen. Sie hatte sich auf das Dorf ihrer Großmutter zurückgezogen und unterrichtete jetzt dort an der Grundschule.

Ly fragte sich, wie er seine Arbeit ohne sie schaffen sollte. Nicht nur, weil sie gut arbeitete und immer im Handumdrehen an jede erdenkliche Information herankam, sondern auch, weil sie vertraut war mit den Strukturen des Parteiapparats und Ly immer bei allem, was die ihm so verhasste Bürokratie betraf, den Rücken freigehalten hatte.

Die Tür zu seinem eigenen Büro auf der anderen Seite des Gangs klemmte und öffnete sich erst, als er dagegentrat. Er schaltete das Licht an und starrte auf das, was er da sah.

In seinem Büro stapelten sich Dutzende Stühle. Auf seinem Schreibtisch lag ein riesiges Knäuel schwarzer Kabel, deren viele Enden bis auf den Boden hinunterhingen. Unter dem Tisch standen Bierkästen. An der Wand lehnte ein Damenfahrrad mit platten Reifen. Das Sofa, die beiden Sessel und der Beistelltisch waren überladen mit Kisten und Aktenordnern. Das Wasser im Aquarium war grün veralgt. Zum Glück hatte er die Fische mitgenommen, als er suspendiert worden war. Sie wären in dieser Abstellkammer sonst längst verreckt.

In dem Bierkasten unter dem Tisch fand Ly noch zwei volle Flaschen. Er zwängte sich zwischen dem Gerümpel zum Fenster hindurch, rüttelte an den alten Metallgriffen, bis sie sich bewegten, und riss das Fenster auf. Die kalte Luft tat gut.

Die Wedel der Königspalmen im Hinterhof schwankten im Wind. Ly zündete sich eine *Thang Long* an und öffnete eine der Flaschen. Das Bier war warm und schmeckte fad. Trotzdem trank er es in einem Zug aus. Dann rief er Parteikommissar Hung an.

»Ein Unfall, Genosse Ly? Sind Sie sicher?«, fragte der Parteikommissar, nachdem Ly Bericht erstattet hatte. Parteikommissar Hung, der in diesem Mondkalenderjahr einundachtzig Jahre alt werden würde, war der letzte Mensch, den Ly kannte, der hartnäckig noch immer jeden mit Genosse ansprach.

»Das ist die Meinung des Rechtsmediziners«, sagte Ly. »Von der Spurensicherung hat sich leider noch niemand den Tatort anschauen können.«

»Wenn Dr. Quang sagt, es war ein Unfall, ist eine weitere Untersuchung der Spurensicherung ja wohl überflüssig. Sie können nach Hause fahren.« Der alte Mann war jetzt in ein militärisch klingendes Stakkato verfallen.

Ly merkte, wie sein Atem schneller ging. »Und … meine Suspendierung?«, fragte Ly stockend. »Sie ist doch trotzdem aufgehoben?«

»Genosse Ly, Sie haben mich falsch verstanden. Ich habe Sie angefordert, weil *Tet* ist und niemand anderes zur Verfügung stand. Ich dachte, das ist Ihnen klar.«

»Aber ... wie lange soll ich denn noch warten?«

»So einfach kann ich Ihre Suspendierung nicht aufheben. Dafür bedarf es eines triftigen Grunds. Kommen Sie nach *Tet* in mein Büro. Dann sehen wir weiter«, sagte Parteikommissar Hung und legte auf. Ly trat mit dem Fuß gegen die Wand, dass seine Zehen schmerzten. »Friss doch Hundescheiße!«, schrie er.

Er öffnete die zweite Flasche Bier. Dann räumte er das Sofa frei. Er zerrte die alte Wolldecke, die immer in seinem Büro gelegen hatte, unter einem der Sessel hervor und legte sich hin. Obwohl er fror, wollte er die Fenster nicht schließen. Er hatte das Gefühl, sonst in diesem Raum zu ersticken.

☆

VTV1 war da. Das Vietnamesische Staatsfernsehen berichtete zu Tet live aus der Justizvollzugsanstalt. Die Gefangenen trugen neue Hosen und Hemden, die ihnen extra für diesen Anlass zugeteilt worden waren, und standen in gerader Linie aufgereiht – die Frauen rechts, die Männer links.

»A, ta vui xuan doi song moi …«, sangen sie. Ah, wir freuen uns auf den Frühling, neues Leben beginnt …

Ein Mann spielte Flöte. Bui Dai bewegte nur den Mund, tonlos. Früher hatte er das Lied oft mit seinen Kindern gesungen. Jetzt brachte er die Worte nicht mehr über die Lippen.

»Nang tuoi chan hoa khap noi. Ngay vui den roi …« – Sonnenschein überall. Das ersehnte Glück ganz nah …

Er wusste, er hatte alles verspielt. Aber was hätte er tun sollen? Er hatte doch etwas tun müssen, auch wenn es hoffnungslos gewesen war. Das sagte er sich Tag um Tag.

»Doi em am dep ngan loi, cung nhau dap xay …« – Tausend Lobgesänge auf das Leben, das wir gemeinsam gestalten …

Gedämpft wie durch einen Wattebausch drangen die Worte an Bui Dais Ohr. Es war ein einziger Hohn. Er hielt es kaum aus, er hatte das Gefühl, sein Inneres würde gleich zerbersten. Was war er nur für ein Vater? Ihm hätte doch klar sein müssen, dass sein Junge hier drinnen nicht lange durchhalten würde. Jetzt lag er im Krankentrakt, seit Wochen schon. Und sie ließen ihn nicht zu ihm.

»... ta vui xuan doi song moi.« – ... wir freuen uns auf den Frühling, neues Leben beginnt.

Die Kamera schwenkte über die Reihe der Gefangenen. Der Flötenspieler spielte noch einmal die Melodie, dann war das Lied beendet. Trotzdem blieben sie stehen. Rücken gerade, Hände an der Hosennaht. Die Wärter hatten es so angeordnet.

Er sah die beiden Fernsehreporter miteinander reden. Ihre Blicke wanderten über die Gefangenen, er spürte, wie sie an ihm hängenblieben. Einer der Reporter trat auf Bui Dai zu. Er lächelte und hielt ihm das Mikrophon vor den Mund. »Möchten Sie noch Ihre Familie zu Hause grüßen?«, fragte er. Bui Dai war wie gelähmt. Was wollte der Mann von ihm? Er hatte da draußen keine Familie mehr. Und ein Zuhause hatte er auch nicht. Stumm starrte er den Reporter an.

»Grüßen Sie Ihre Familie!« Diesmal war es keine Frage mehr, sondern eine Aufforderung. Der Mann schob Bui Dai das Mikrophon jetzt so nah vor den Mund, dass es gegen seine zusammengepressten Lip-

pen drückte. Die Kamera surrte. Bui Dais Puls raste. Er ballte die Hände zu Fäusten und biss die Zähne fest zusammen. Ruhig, sagte er sich, ruhig. Doch er hatte keine Kontrolle mehr über sich. Sein Arm schwang zur Seite, holte aus, traf. Seine Fingerknöchel knirschten. Der Reporter taumelte zurück. Das Mikrophon fiel mit einem Scheppern zu Boden.

Bui Dai hörte die Schreie der Wärter, sah, wie einer von ihnen die Kamera wegriss. Das hier durfte niemand sehen. Sie sollten singen, nur immer fröhlich singen ... Er holte erneut aus, schlug zu. Einmal und noch einmal. Dann spürte er Hände auf seinem Körper, Arme schlangen sich um seine Brust und seine Knie. Er stürzte. Sie zerrten an ihm, rissen ihn herum, ein Schuh traf ihn an der Schläfe, Handschellen klackten. An den Füßen schleiften sie ihn weg, und er schrie, schrie, schrie.

☆

Papa! Du schläfst noch?«

Die Worte weckten Ly. Er drehte sich auf dem Sofa herum und rieb sich den schmerzenden Nacken. In der Bürotür stand seine Tochter. Unter dem roten Motorradhelm trug sie ihre Fellmütze. »Was machst du denn hier?«, fragte er.

»Dich suchen. Mama ist mit Duc schon vorgefahren.«

Ly sah seine Tochter mit gerunzelter Stirn an. »Wohin?«

»Papa! Echt. Zu Oma natürlich.«

»Oh, verdammt.« Mit einem Stöhnen setzte Ly sich auf. Der zweite Neujahrstag war Schwiegereltern-Tag. »Ich muss arbeiten«, sagte er, auch wenn diese Entschuldigung nach seinem Telefonat mit Parteikommissar Hung gestern nur noch eine schlechte Ausrede war. Aber bei seiner Schwiegermutter würde die gesamte Verwandtschaft seiner Frau versammelt sein. Dafür hatte er heute wirklich keinen Nerv.

»Papa, komm mit«, sagte Huong. Sie schob sich zwischen den Kisten und Stühlen hindurch und ließ sich neben Ly auf das Sofa fallen. Aus ihrer Umhängetasche zog sie eine Thermoskanne und drehte den Deckel ab. Es roch nach frisch gebrühtem Kaffee. Huong goss einen Becher ein und hielt ihn ihm hin.

»Danke, Schatz«, sagte er und trank, wobei Huong ihn aus den Augenwinkeln beobachtete.

»Es tut mir leid«, sagte sie leise. »Ich hätte dir was sagen sollen. Aber ich dachte, Mama sollte dir das mit Singapur selbst erzählen.« Sie lächelte unsicher.

Er streckte seine Hand nach seiner Tochter aus und zog sie zu sich heran. Sie hatte ja recht.

»Ich glaube, Mama hat sich nicht getraut«, sagte Huong.

»Scheint ganz so.«

»Aber sie kann so einen Job doch nicht ausschlagen. Ich meine, Singapur, das ist doch toll.«

»Findest du?«

»Papa, du bist manchmal so was von altmodisch.« Huong setzte sich auf und knuffte Ly mit dem Ellenbogen in die Seite. »Es ist ja nicht für immer.«

»Da wär ich mir nicht so sicher.«

»Was? Du glaubst doch nicht, Mama will in Singapur bleiben. Du musst einfach mal mit Mama reden. Euer dauerndes Schweigen kann ja keiner ertragen.«

Ly gab nur ein brummendes Geräusch von sich.

»Papa, bitte! Gönn ihr das mit Singapur. Sie wird uns mit Duc schon ab und zu besuchen.«

»Wieso uns? Ich dachte, du willst im Sommer zum Studieren nachgehen. Wenn du mit der Schule fertig bist.«

»Ich? Nee.« Huong schüttelte heftig den Kopf. »Ich bleib hier.«

»Wieso das?«

Die Röte schoss Huong in die Wangen.

»Ist es wegen Lam?«, fragte Ly.

»Ach was. Lam.« Sie machte eine wegwerfende Handbewegung. »Der findet sofort eine Neue.« Sie grinste, und in ihren Wangen bildeten sich die Grübchen, die Ly so sehr mochte. »Wegen dir bleib ich, Papa. Irgendjemand muss doch auf dich aufpassen.«

☆

Es war kalt und nieselte leicht, aber auch heute war noch kaum Verkehr. Ins Dorf von Lys Schwiegermutter würden sie es so in einer halben Stunde schaffen. Sie fuhren Richtung Südwesten aus der Stadt raus.

Ly hielt den Lenker mit einer Hand, während er die andere Hand in der Jackentasche wärmte. Huong, die auf dem Sozius saß, schmiegte sich von hinten an seinen Rücken. Er spürte den Schirm ihres Helmes zwischen seinen Rippen.

Appartementhochhäuser säumten die sechsspurige Ausfallstraße. Viele der Gebäude befanden sich im Rohbau. Plakatwände warben für die Hochhauswohnungen, die hier entstehen würden. Zwischen Baggern und Planierraupen grasten magere braune Kühe. In der Straßenmitte standen die betongegossenen Pfeiler für den neuen Sky Train.

Bis die Gegend vor einigen Jahren von Hanoi eingemeindet worden war, war die Fahrt zu Lys Schwiegermutter eine Fahrt durch Reisfelder gewesen. Erst die Eingemeindung hatte das Land zu wertvollem Bauland gemacht. Viele Regierungskader hatten dabei gut verdient. Sie hatten vor allen anderen von den Plänen gewusst und den Bauern ihr Land kurz vor der Bekanntgabe der Eingemeindung für wenig Geld abgekauft, um es dann teuer weiterzugeben. Um das Dorf von Lys Schwiegermutter hatten die Landspekulanten und Immobilienentwickler bislang allerdings einen Bogen gemacht. Vermutlich weil es zu weit entfernt lag von den Hauptverkehrsstraßen. Die Wege zwischen den Höfen waren schmal wie eh und je. Die Häuser waren alt und einstöckig und hinter hohen Mauern versteckt. Nicht wenige Häuser waren verlassen, ihre Dächer längst eingestürzt. Das Dorf war auf die Herstellung von Feuerwerkskörpern spezialisiert gewesen, so wie fast alle Dörfer der Gegend auf irgendetwas spezialisiert waren. Nachdem die Regierung aus Sicherheitsgründen die private Verwendung von Böllern aller Art verboten hatte und nur noch staatlich organisierte Feuerwerke erlaubt waren, hatten die Dorfbewohner ihr Handwerk verloren. Jetzt mussten sie mit dem auskommen, was die Felder abwarfen, und die Leute zogen zum Arbeiten in die Stadt.

Ly fuhr über den Platz vor dem Dorfgemeinschaftshaus und an der Schule vorbei. Der Lehmboden war vom Regen der letzten Tage aufgeweicht. Der Bolzplatz, auf dem zwei schiefe Fußballtore standen, war eine einzige große Pfütze. Von irgendwoher drang Karaoke-Gesang zu ihnen herüber.

»Papa, halt mal kurz«, rief Huong und sprang von der Vespa. In einer Mauernische hinter dem Bolzplatz standen zwei Jungen in ihrem Alter und rauchten. Huong rannte zu ihnen hinüber. Ly hatte keine Ahnung, wer die beiden waren, aber Huong schien vertraut mit ihnen zu sein.

Während er wartete, fiel sein Blick auf einen zusammengefegten Abfallhaufen. Der Regen hatte ihn zu einer einzigen braunen Matsche verschmolzen, aus der gut sichtbar zwei Spritzen herausstachen. Hier also auch, dachte Ly und sah sich jetzt die beiden Jungs, mit denen Huong zusammenstand, genauer an. Sie waren beide mager, trugen billige Stoffhosen und dünne Jeansjacken. Ob sie auch spritzten?

»Huong! Komm endlich!«, rief Ly.

Es war nicht mehr weit bis zum Haus seiner Schwiegermutter, aber er hatte kein gutes Gefühl, vorzufahren und Huong hier mit den beiden alleine zu lassen. »Huong! Nun komm schon!«

Die letzten Meter zum Haus ihrer Großmutter rannte Huong vor der Vespa her. Sie öffnete das Tor zum Hof, und Ly parkte unter dem alten Magnolien-Baum vor dem Haus. Duc, der im Hof mit seinem Cousin, der genau wie er sechs Jahre alt war, Fangen spielte, stürmte auf ihn zu. »Papa!«, schrie er.

Ly hob ihn hoch und drückte ihm einen Kuss auf die Wange.

»Igitt.« Duc wischte mit der Hand über sein Gesicht.

Ly trug ihn zum Haus hinüber und stellte ihn unter dem weit nach unten gezogenen Ziegeldach ab. Trotz des Wetters waren die Klappläden zwischen den alten Holzsäulen, die das Dach trugen, weit geöffnet. Im Haus war es nicht wärmer als draußen.

Die Verwandtschaft war vollständig versammelt. Sie aßen, redeten laut, lachten. Obwohl es noch früh war, waren die Gesichter der Männer, die neben dem Ahnenaltar auf einem der großen Holzbetten beisammensaßen, schon vom Alkohol gerötet. »Ly ... komm, setz dich zu uns ...«, rief Lys Schwager. Ly machte mit der Hand ein Zeichen, dass er gleich käme. Zuerst musste er alle anderen Anwesenden begrüßen und ihnen ein frohes neues Jahr wünschen. An die Kinder verteilte er *li xi*, rote Geldumschläge, die Huong ihm in die Hand gedrückt hatte. Nicht einmal an die glücksbringenden *li xi* hatte er dieses Jahr selbst gedacht. Er schielte zu Thuy hinüber, die mit den Frauen zusammensaß. Sie hatte ihm den Rücken zugewandt und drehte sich auch nicht zu ihm um.

»Nun setz dich schon«, rief sein Schwager und drückte ihm ein randvoll gefülltes Schnapsglas in die Hand. »*Tram phan tram! Vao di!*« Hundert Prozent, runter damit!

Der Schnaps war scharf und stieg Ly sofort zu Kopf.

Er hatte seit der Suppe am Vortag nichts mehr gegessen. Er griff nach einer Schale und nahm ein Stück *banh chung*. Eigentlich mochte er den für *Tet* so typischen Klebreiskuchen mit einer Füllung aus Mungobohnen und Schweinefleisch nicht. Der Reis war ihm zu klebrig, das Fleisch meist viel zu fett. Aber jetzt war es genau das Richtige.

Den Gesprächen der Männer hörte er nur mit einem Ohr zu. Weder Traktoren noch Reispreise interessierten ihn sonderlich. Irgendwann versuchte er, das Gespräch auf den Drogenkonsum zu lenken. Diese Spritzen, die er vorhin auf der Straße gesehen hatte, beunruhigten ihn. Bislang hatte er immer geglaubt, er könne seine Kinder beruhigt ins Dorf schicken.

»Fünfzigtausend Dong für einen Schuss. Das ist fast billiger als Schnaps«, sagte sein Schwager. »Da soll sich noch einer wundern, dass die Jungs das Zeug spritzen.«

»Es ist billig, trotzdem verdienen die Dealer gut«, warf einer der anderen Männer ein. »Auf die ehrliche Art kommst du ja zu nichts mehr.«

»Blödsinn«, sagte Lys Schwager. »Diese Dealer sind nichts als gierige Verbrecher. Mörder.«

»Von den paar Reispflanzen kann doch auch kein Mensch überleben. Und wenn du nichts gelernt hast, wie willst du zu Geld kommen?«

Lys Schwager schnaubte unwirsch und stellte den Ton des Fernsehers, der neben dem Altar stand, mit der Fernbedienung so laut, dass er jede weitere Unterhaltung unmöglich machte.

Auf VTV1 sang ein Gefängnischor, danach folgte ein Marschkonzert des Polizeiorchesters. Männer in Uniform spielten vor dem Ho-Chi-Minh-Mausoleum.

Ly trank sein Glas leer und aß noch ein paar eingelegte Zwiebeln und etwas von den gebratenen Glasnudeln mit Schweinefleisch und Mu-Err-Pilzen. Dann stand er auf und ging nach draußen. Er steckte sich eine *Thang Long* an und sah zu, wie der Rauch sich in der nasskalten Luft in nichts auflöste. Hinter sich hörte er Schritte. Er drehte sich nicht um. Er wusste auch so, dass es Thuy war. In seinem Magen verkrampfte sich alles. Ihre Nähe ließ ihn seine Einsamkeit noch stärker spüren.

»Ly«, sagte Thuy leise.

»Hm.«

»Bitte Ly, du darfst nicht denken, dass ich dich verlasse.«

»Dann bleib hier«, sagte Ly, den Blick immer noch abgewandt.

»Du weißt, ich kann in der nächsten Zeit nicht als Reiseleiterin arbeiten.«

Natürlich wusste er das. Es würde noch lange dauern, bis sie sich wirklich von ihrem Motorradunfall im letzten Jahr erholt hätte. »Aber du kannst auch in Hanoi einen Bürojob finden.«

»Der in Singapur ist sehr gut bezahlt. Mit dem Geld können wir Huong auf eine richtig gute Uni schicken. Und noch etwas sparen.«

Ly schloss kurz die Augen und versuchte ruhig zu

atmen. Immer dieser unterschwellige Vorwurf, dass er als Staatsbeamter nicht genug verdiente. »Dann nehme ich eben Schmiergelder an. Wenn es das ist, was du willst. Wenn es nur ums Geld geht.«

»Fang nicht schon wieder damit an.« Thuy klang gereizt. »Ich werde nach Singapur gehen, so oder so.«

»Lass zumindest Duc hier.«

»Du schaffst es doch gar nicht, dich um ihn zu kümmern.«

Bevor Ly noch etwas erwidern konnte, klingelte sein Telefon. Es war Dr. Quang. Ly nahm an, froh über die Störung.

»Ly! Es gibt doch einen Mord«, sagte Dr. Quang. »In der Leichenhalle. Der Tote mit der Krawatte um den Hals.«

»Der Chinese?«

»Genau der.«

Thuy streckte ihre Hand nach Ly aus. Bevor sie seine Wange berührte, drehte Ly sein Gesicht weg. »Du hast ihn obduziert? Wieso das?«, fragte er in den Hörer.

»Im Krankenblatt stand Lebensmittelintoxikation ... aber das schmerzverzerrte Gesicht und diese unnatürlich verkrampfte Haltung ... Nicht grade typisch für eine Lebensmittelvergiftung.«

»Nicht?« Ly sah Thuy hinterher, die über den Hof eilte und im Küchenanbau verschwand. Er wusste nicht, was schlimmer war, seine Wut auf sie oder auf sich, weil er es nicht schaffte, normal mit ihr zu reden.

»Er hat mit Rattengift verseuchtes Katzenfleisch gegessen. Davon gehe ich zumindest aus, in Anbetracht des Magen- und Darminhalts. Außer Katze hatte er nur noch Koks im Körper – und Alkohol. Der Restalkohol in der Leiche hätte noch gereicht, einen Büffel umzuhauen.«

Ly stöhnte auf. »Was für Rattengift?«

»Dushuqiang. Das Zeug kommt aus China. Seit Jahren verboten, ist aber weiter auf dem Markt. Und in China übrigens eine beliebte Mordwaffe. Ich kann dir da von ein paar Fällen erzählen …«

»Quang! Hör auf!« Ly kannte das schon von Dr. Quang, je makabrer, desto besser.

»Schon gut.«

»Vielleicht hat die Katze das Gift gefressen, bevor sie im Topf gelandet ist«, sagte Ly. Man hörte immer mal wieder von Restaurants, in denen verendete Tiere verarbeitet wurden.

»Das, was der Mann im Körper hatte – die Katze hätte es niemals geschafft, so viel zu fressen. Sie wäre auf jeden Fall vorher verreckt. Nee, das muss ihm schon jemand ins Essen gerührt haben. Dushuqiang ist übrigens geruchsneutral, geschmacklos und löst sich leicht in Wasser auf. Sollte also kein Problem gewesen sein …«

Ly fuhr sich mit der Hand über das Gesicht. Rattengift und ein toter Chinese. Das hatte ihm gerade noch gefehlt.

»Wer auch immer der Mörder ist«, sagte Dr. Quang,

»es war ziemlich schlau, diesen Zhang genau in der Neujahrsnacht zu vergiften. In jeder anderen Nacht hätte man zumindest versucht, ihn zu retten. Aber so? Die waren im Krankenhaus vollkommen unterbesetzt. Die haben nicht mal mitbekommen, was mit dem Kerl los war. Ein Wunder, dass die überhaupt gemerkt haben, dass er tot ist.«

Bevor Dr. Quang auflegte, fasste er noch für Ly zusammen, was im Krankenblatt stand. Der Chinese hieß Ming Zhang, war dreiundfünfzig Jahre alt und hatte in Hanoi gelebt, eine Adresse am Westsee. Am Abend der Neujahrsnacht war er mit Atemnot und Magenkrämpfen in einer Karaokebar zusammengebrochen und ins Krankenhaus gebracht worden. Am nächsten Morgen war er tot. Die Karaokebar hieß Sunny Karaoke und lag in der Ngo 120 Truong-Chinh.

☆

Ly war nur noch einmal kurz ins Haus gegangen, um sich von seiner Schwiegermutter zu verabschieden, dann schob er seine Vespa aus dem Hof.

Huong rannte ihm hinterher. »Papa! Wo willst du hin?«

»Arbeiten.« Ly trat den Kickstarter, bis seine Vespa eine blaue Wolke ausspuckte und ansprang.

»Jetzt? Hast du mit Mama gesprochen?«

»Ich rede zu Hause mit ihr. In Ruhe.«

Seine Tochter sah ihn misstrauisch an.

»Versprochen«, sagte Ly.

»Du und deine Versprechen.« Huong stampfte mit dem Fuß auf, drehte sich um und rannte zurück zum Haus.

Ly fluchte. Er konnte es gerade auch niemandem recht machen. Er gab Gas und fuhr auf dem schnellsten Weg aus dem Dorf. Es hatte aufgehört zu regnen. Als er die Hauptstraße erreichte, brachen vereinzelt Sonnenstrahlen durch die Wolkendecke. Er fragte sich, ob der Tod des Chinesen etwas mit den antichinesischen Unruhen der letzten Wochen zu tun haben konnte. Seitdem China diese Bohrinsel vor der vietnamesischen Küste errichtet hatte, waren schon mehrere Chinesen in Vietnam umgebracht worden. Im ganzen Land waren die Menschen auf die Straße gegangen. Die alte Angst, von China annektiert zu werden, war wieder aufgebrochen. In der Hoffnung, die Situation zu entspannen, hatte die Regierung die antichinesischen Demonstrationen sogar zugelassen. Aber sie hatte sich verschätzt. Die Demonstrationen waren eskaliert. Fabriken, von denen der wütende Mob annahm, sie gehörten Chinesen, waren geplündert und in Brand gesetzt worden. Tausende Chinesen hatten fluchtartig das Land verlassen. Viele der Demonstranten waren verhaftet worden. Die Regierung war nervös, und das nicht nur wegen der angespannten Beziehung zu China. Die Ausschreitungen hatten gezeigt, wie viel Wut sich in den Menschen angestaut hatte. Der Streit mit China, so zumindest sah Ly es, war dabei nur ein Ventil. Die Menschen waren vor allem wütend wegen der Missstände im eigenen Land. Da reichte eine kleine Provokation, und alles explodierte.

Ly fuhr langsamer, um sich eine Zigarette aus der Jackentasche zu ziehen. An einer roten Ampel bat er einen Taxifahrer um Feuer. Sein Feuerzeug musste er im Dorf vergessen haben.

Er fragte sich, ob es sein konnte, dass der vergiftete Chinese nur hatte sterben müssen, weil er Chinese gewesen war. Die anderen Chinesen, die umgebracht worden waren, waren alle Opfer spontaner Wut gewesen. Den Tod dieses Zhang dagegen hatte jemand ganz genau geplant. Der Zeitpunkt war kein Zufall gewesen. Dr. Quang hatte gesagt, wenn nicht gerade *Tet* gewesen wäre, hätte der Mann vielleicht gerettet werden können. Doch in dieser Nacht hatte sich ja nicht einmal jemand gefunden, der dem Kranken die Krawatte abgenommen hatte. Und wenn Dr. Quang nicht zufällig diesen Zhang obduziert hätte, wäre sein Tod als Unfall durchgegangen.

Ly überlegte, wie er jetzt vorgehen sollte. Bevor er Parteikommissar Hung von dem Fall in Kenntnis setzte, brauchte er mehr Informationen. Er wollte auf keinen Fall, dass sein Chef ihn schon wieder einfach nach Hause schickte.

☆

Ly fuhr in die Karaokebar, in der der Chinese zusammengebrochen war. Das Sunny Karaoke lag in einer ruhigen Sackgasse. Auf der Fassade blinkten rote Leuchtröhren in Form von Musiknoten. Trotz *Tet* leuchtete das »Open«-Schild. Ly drückte die mit schwarzer Folie beklebte Eingangstür auf und stand sofort im Gastraum. Leise Popmusik lief, irgendetwas Englisches. Es roch nach kaltem Zigarettenrauch, Alkohol, Schweiß und billigem Parfüm. Kunden waren keine im Raum. Am Tresen saßen zwei Mädchen in Jogginganzügen. Ly schätzte sie auf Anfang zwanzig. Sie taxierten ihn mit gelangweilten Mienen. Ein drittes Mädchen lag auf einem abgewetzten Kunstledersofa. Ihre Arme hatte sie um die an den Bauch gezogenen Beine geschlungen. Ihr Gesicht konnte Ly nicht erkennen. Sie schaute Tom und Jerry auf dem Fernseher, der über der Karaokeanlage hing.

Eines der Mädchen vom Tresen kam auf Ly zu. Sie hatte diesen schlurfenden Gang, den Ly von seiner Tochter kannte, wenn sie etwas tun sollte, auf das sie partout keine Lust hatte. Das Mädchen ließ die Augenlider etwas flattern. Sie versuchte wohl aufreizend auszusehen. Hastig sagte Ly: »Ich will den Besitzer sprechen.«

Das Flattern ihrer Augenlider stoppte sofort, und ein Lächeln huschte über das Gesicht des Mädchens. »Tante Sinh«, brüllte sie. »Tante Sinh!«

Im Türrahmen hinter dem Tresen, in dem ein blauer Perlenvorhang hing, erschien eine kleine korpulente Frau. Sie musste um die fünfzig sein. Ihr gelbes Kleid spannte über ihrem speckigen Bauch. Sie musterte Ly von Kopf bis Fuß. »Polizei?«, fragte sie. »Ich habe doch letzte Woche erst Ihren Kollegen bezahlt.«

Ly ärgerte sich, dass sie ihn sofort als Polizisten erkannt hatte. »Es geht um den Chinesen, der in der Neujahrsnacht hier zusammengebrochen ist«, sagte er. »Sie haben den Krankenwagen gerufen?«

»Ja, hab ich gemacht. Zhang hat ja nur noch wie ein sterbendes Schwein geröchelt.«

»Sie kennen den Mann näher?«

»Zhang?« Sie lachte rau. »Der hängt fast jeden Abend hier rum.« Die Frau zündete sich eine Zigarette an, ohne dabei den Blick von Ly abzuwenden. »Was will er denn? Mich anzeigen, weil er sich den Magen verdorben hat?«

Sie wusste nicht, dass Zhang tot war, dachte Ly. Gut so. Das musste sich vorerst auch nicht ändern. »Kam es noch zu weiteren Zwischenfällen?«

Die Frau, die die Mädchen Tante Sinh nannten, legte die Stirn in Falten und sah ihn aus kleinen Augen an. »Sie meinen, ob andere Gäste krank geworden sind? Nein. Zhang hat sich sicher an diesem Katzenfleisch was geholt. Was muss er auch immer diese Viecher essen.«

»Er hat in der Neujahrsnacht also Katze gegessen?«

»Das hat er Ihnen nicht erzählt, was?« Sie lachte, was jetzt wie ein heiseres Krächzen klang. »Die Viecher sind sein Leibgericht. Ich halte immer schon ein paar Tiere im Hof. Extra für ihn. Der soll sich noch mal beschweren.«

»Kommt Herr Zhang immer alleine hierher?«

»Was hat das jetzt damit zu tun?« Sie trat näher an Ly heran, so nah, dass Ly sehen konnte, dass ihr roter Lippenstift in die vielen Falten um ihren Mund gelaufen war. Auch der Filter der Zigarette war rot verschmiert.

»Also?«, setzte Ly nach.

»Ja«, sagte sie mit einem demonstrativen Seufzer. »Er kommt immer alleine.«

»Sie sagten, Sie haben Katzen im Hof. Ich möchte sie gerne sehen«, sagte Ly. Er wollte sich vergewissern, dass sie lebten und es nicht doch verendete Tiere waren, die diese Frau irgendwo aufgelesen hatte.

Sie deutete ihm, ihr durch den Perlenvorhang zu folgen. Im Vorbeigehen griff Ly sich ein Feuerzeug, das auf dem Tresen lag, und steckte es für später ein. Hinter dem Perlenvorhang lag ein Flur, von dem mehrere Zimmer abgingen. Die Türen waren geschlossen. Aus einem der Zimmer drang ein Stöhnen. Ly versuchte die Bilder, die sich da in seinem Kopf formten, zu verdrängen. Doch es wollte ihm nicht recht gelingen.

Der Hinterhof war mit Wellblech überdacht. Es gab ein Toilettenhäuschen, eine kleine offene Küchenecke und einen Brunnen. Auf der Abdeckung des Brunnens stand, neben einem Hühnerkäfig, ein Käfig mit zwei getigerten Hauskatzen. Sie sahen gut genährt aus.

Anders als bei Ly zu Hause war der Hof nicht von den Mauern der Nachbarhäuser eingekesselt. Er öffnete sich zu einem Kanal, von dem ein erbärmlicher

Gestank aufstieg. Ly trat bis nah an die Ufermauer heran. Das Wasser war tiefschwarz und sah fast wie Öl aus. Überall schwamm Müll. Am Ufer entlang führte ein schmaler Pfad.

»Sie haben sicher Ratten hier«, sagte Ly.

»Wollen Sie mir das Gesundheitsamt auf den Hals hetzen, oder was?«

»Das kommt darauf an.«

»Klar haben wir Ratten. Die kommen aus dem Kanal hoch, da kann ich ja nun nichts dafür. Eine einzige Kloake ist das. Aber ich lege Köder aus.« Sie deutete auf einen Sack unter der Spüle. Brodifacoum, stand darauf. Nicht das Gift, das im Magen des Chinesen gefunden worden war, dachte Ly.

Frau Sinh schnippte ihre Zigarettenkippe weg und rauchte sofort eine neue. »War's das jetzt?«

»Ich will noch mit dem Mädchen sprechen, das Herrn Zhang letztes Mal bedient hat.«

»Herr Zhang nimmt immer dasselbe. Dasselbe Mädchen, dasselbe Essen. Was für ein Langweiler. Meinen Sie, alle Chinesen sind so?«

Ly zuckte mit den Achseln. Was interessierte ihn, ob alle Chinesen Langweiler waren. Interessant fand er jedoch, dass dieser Zhang ein Gewohnheitsmensch gewesen zu sein schien. Das machte es für einen Mörder einfach. Und dann noch der freie Zugang vom Kanalufer zur Küche. Jeder konnte in einem ruhigen Moment ungesehen in den Hof gekommen sein und das Gift unter das Katzenfleisch gemengt haben.

Zurück im Gastraum, pfiff Frau Sinh durch die Zähne und winkte das Mädchen, das vor dem Fernseher lag, zu sich. Als ob sie einen Hund kommandiert, dachte Ly.

Das Mädchen stand auf und kam mit gesenktem Kopf zu ihnen herüber.

»Das ist sie«, sagte Frau Sinh, griff das Kinn des Mädchens und drückte es so hoch, dass das Mädchen Ly ansehen musste.

»Wie alt bist du?«, fragte Ly.

Das Mädchen verzog ihr Gesicht zu einem Lächeln und schielte hilfesuchend zu ihrer Chefin. »Sie ist achtzehn«, sagte Sinh.

Ly schätzte sie auf höchstens vierzehn. »Setz dich ruhig wieder«, sagte er. »Kannst du mir irgendwas über Zhang erzählen?«

Das Mädchen wurde rot, sagte aber immer noch nichts.

»Hat er manchmal etwas erzählt?«, fragte Ly weiter. »Vielleicht über seine Arbeit? Oder Freunde?«

Sie schüttelte den Kopf.

»Der kann doch nur radebrechend Vietnamesisch«, mischte Frau Sinh sich wieder ein. »Groß unterhalten ist da nicht.«

»Und er kommt wirklich immer alleine?«, fragte Ly.

»Sagte ich doch schon.«

Aus einem der Hinterzimmer tauchte ein weiteres Mädchen auf, auch sie sicherlich noch nicht volljährig. Ein Freier war bei ihr. Ly spürte Wut in sich aufsteigen. Am liebsten hätte er auf den Kerl eingeschlagen, aber er durfte sich keine Dummheit erlauben. Nicht, wenn er zurück in den Dienst wollte. Er schickte den Mann zurück in das Hinterzimmer und schloss von außen ab. Dann rief er Ngoc an. Ngoc war sein Schwager und wie Ly bei der Polizei, wo er die Abteilung zur Überprüfung von Moral und Tugend, kurz Sittenpolizei, leitete. Seine Aufgabe war vor allem die Eindämmung der Prostitution, die illegal, aber weit verbreitet war. Ly und Ngoc waren alles andere als Freunde. Aber wenn es um Prostitution Minderjähriger ging, waren sie ausnahmsweise einer Meinung. Sollte Ngoc sich um das alles hier kümmern.

»Was soll das?«, keifte Frau Sinh, die das Gespräch mit angehört hatte. »Sie hetzen mir die Sitte auf den Hals? Ich habe Ihre Kollegen bezahlt. Immer pünktlich.«

»Umso schlimmer«, sagte Ly, schob die Bänder des Perlenvorhangs beiseite und betrat wieder den Gastraum. »Ich kann auch noch das Dezernat für Korruption anrufen. Also, wollen Sie mir jetzt irgendwas über den Chinesen erzählen?«

Sinh fluchte leise vor sich hin und ließ sich in einen der Sessel fallen. »Ich weiß wirklich nicht viel über ihn. Er muss in Hanoi leben. Er kommt seit vier oder fünf Jahren regelmäßig hierher. Hin und wieder taucht er mal ein paar Wochen am Stück nicht auf. Danach ist er meist spendabler. Trinkt den teuren Black Label. Und steckt dem Mädchen was zu.«

Obwohl es noch fast zwei Stunden dauerte, bis Lys Schwager mit mehreren seiner Leute von der Sitte in der Karaokebar eintraf und von Ly übernahm, bekam Ly nicht mehr aus Frau Sinh heraus als das, was sie bereits gesagt hatte. Und das Mädchen sagte sowieso nichts. Vermutlich stimmte es, dass der Chinese schon alleine wegen mangelnder Sprachkenntnisse nichts von sich preisgegeben hatte.

☆

Als Ly schließlich die Karaokebar verließ, war es bereits dunkel. Er atmete tief durch, froh, endlich aus dem Laden raus zu sein. Er zündete sich eine *Thang Long* an und rief bei der Polizeizentrale an. Sie sollten von der Ausländerbehörde alle über den Chinesen gespeicherten Informationen anfordern. Wenn Zhang, wie Frau Sinh behauptet hatte, mehrere Jahre in Hanoi gelebt hatte, dann musste es auch eine Akte über ihn geben. Danach rief er Dang, den Leiter des technischen Erkennungsdienstes, an. Diesmal erreichte er ihn, auch wenn es in der Verbindung stark rauschte.

»Ly?«, brüllte Dang in den Hörer. »Ein frohes Neues.«

»Ja, dir auch. Wo bist du?«

»Bei meiner Familie in Mong Cai.«

»Wieso gehst du nicht ans Telefon?«

»Der Empfang. Funktioniert nicht immer.«

»Ich brauche dich hier in Hanoi.«

»Du bist wieder im Dienst?«

»Wie man's nimmt.« Ly entfernte sich ein paar Schritte von der Karaokebar. Er wollte keine Zuhörer, und vor der Bar versammelten sich jetzt immer mehr neugierige Anwohner. Das Eintreffen der Sitte war nicht unbeobachtet geblieben. Ly erzählte Dang von dem toten Chinesen, und ohne Zögern sagte Dang zu, den Nachtbus zurück nach Hanoi zu nehmen.

Ly startete seine Vespa und fuhr zu Minh, seinem ältesten und engsten Freund. Minh hatte viele Jahre in der Verwaltung eines staatlichen Produktionsbetriebs gearbeitet. Als aber mit *Doi Moi* nach 1986 wieder Privatinitiative zugelassen wurde, hatte er sich sofort selbständig gemacht und im Erdgeschoss seines Wohnhauses ein *bia hoi* eröffnet, ein Straßenlokal mit Bier und Gerichten der Saison. Das *bia hoi* lag in der Altstadt, war aber wie alle anderen Restaurants über *Tet* geschlossen. Da Minhs Frau und die Kinder auf Verwandtenbesuch waren, waren sie vollkommen alleine im Gastraum.

»Bier oder Schnaps?«, fragte Minh.

»Bier«, sagte Ly. Er hatte in den letzten Tagen genug Schnaps getrunken.

Minh reichte Ly eine Flasche Pilsner Importbier und bereitete in der offenen Küche das Essen zu. Auf dem Herd taute er ein Glas tiefgefrorenen, aber selbst gemachten Fischfond auf, wusch Wasserspinat, halbierte Tigergarnelen und löste das Fleisch aus den Jakobsmuscheln. Ly sah Minh gerne zu, wenn er kochte. Seine

Hilfe bot er gar nicht erst an. Er wusste, für Minh hatte das Kochen etwas Meditatives, wobei ihn jede fremde Hand störte.

»Wieso bist du heute eigentlich nicht mit zu deinen Schwiegereltern gefahren?«, fragte Ly.

»Ach, frag nicht.« Minh gab ein mürrisches Brummen von sich, schob sich an Ly vorbei und stellte einen kleinen Gasherd auf den Tisch. »Und du?« Er klopfte Ly freundschaftlich auf die Schulter. »Du solltest doch auch bei deiner Schwiegermutter sein.«

»Ich bin an einem Fall dran«, sagte Ly ausweichend.

»Deine Suspendierung ist aufgehoben?«

»Nein. Noch nicht. Aber ... wenn ich das hier nicht in den Sand setze, dann vielleicht.«

Minh sah Ly an, auf seiner Stirn hatte sich eine steile Falte gebildet. »Mal wieder einer deiner Alleingänge?«

»Irgendwas muss ich ja tun. Sonst werd ich noch irre.« Ly zog seine letzte *Thang Long* aus der Schachtel. Die Pappe zerknüllte er. »Thuy geht nach Singapur. Sie hat da einen Job.«

»Einen Job in Singapur? Das ist doch toll. Aber ...« Minh sah Ly an. »Das willst du nicht hören, oder?«

»Sie hat mich vor vollendete Tatsachen gestellt.«

»Sie kennt dich eben.«

»Was soll das jetzt heißen?«

»Vergiss es. Du solltest sie gehen lassen.«

»Bleibt mir ja keine Wahl.«

Minh lachte heiser auf. »Noch ein Bier?« Ohne Lys

Antwort abzuwarten, setzte Minh den Flaschenöffner an. »Und an was für einem Fall bist du dran?«

Ly erzählte ihm von dem vergifteten Chinesen.

»Rattengift in einer Katze. Wenn das nicht makaber ist«, sagte Minh und wurde mit einem Mal ernst. »Und dann auch noch ein Chinese. Gerade jetzt, nach all den Unruhen.« Er sah Ly aus zusammengekniffenen Augen an. »Ich hoffe, dein Chef weiß, dass du da rumschnüffelst.«

»Er weiß noch nicht mal von dem toten Chinesen.«

»Mensch, Ly«, fuhr Minh ihn an. »Ruf ihn an, sofort.«

Ly drückte seine Zigarette im Ascher aus, trank noch einen Schluck Bier und nahm das Telefon. Minh hatte recht, er durfte es nicht weiter aufschieben.

»Genosse Ly!«, schrie Parteikommissar Hung ungehalten in den Hörer, als Ly sich meldete. »Heute werde ich sicher nicht über Ihre Suspendierung reden. Sie sollten nach *Tet* zu mir ins Büro kommen! Und überhaupt. Wissen Sie eigentlich, wie spät es ist?«

Ly atmete tief durch. Am liebsten hätte er sofort wieder aufgelegt. »Parteikommissar Hung.« Er räusperte sich. »Ich rufe nicht wegen meiner Suspendierung an. Es ... es gab einen Toten. Ich dachte, ich sollte Sie unterrichten. Der Mann, er war Chinese.«

»Genosse Ly, zum Himmel.« Parteikommissar Hungs Stimme bebte. »Ihre Suspendierung ist noch nicht aufgehoben. Und Sie kommen mir mit einem toten Chinesen?«

Ich habe mir die Nationalität des Toten nicht ausgesucht, dachte Ly, hielt aber wohlweislich den Mund. Stattdessen sagte er: »Es deutet alles auf Mord hin.«

»Was ist passiert? Erstatten Sie zumindest vernünftig Bericht«, forderte Parteikommissar Hung ihn auf, und Ly fasste das wenige, was er zu dem Chinesen hatte, zusammen.

Parteikommissar Hung fluchte, etwas, das Ly von seinem Chef eigentlich nicht kannte. »Genosse Ly, müssen wir von einem politisch motivierten Mord ausgehen? Ist der Tote den antichinesischen Ausschreitungen zuzuschreiben?«

»Dazu kann ich noch nichts sagen. Aber eher nicht. Nein, ich denke nicht.«

»Sie denken, Sie denken.« Parteikommissar Hung schnaufte. »Ist er oder nicht?«

»Die anderen Chinesen, das waren Lynchmorde«, setzte Ly an und versuchte seinem Chef zu erklären, dass das auf den Chinesen aus der Karaokebar nicht zutraf. Er hatte kaum zu Ende gesprochen, da sagte Parteikommissar Hung: »Nichts darf an die Öffentlichkeit geraten. Und vor allem kein Kontakt zur chinesischen Botschaft. Die Lage ist so schon angespannt genug.«

Ly gefiel die Vorstellung nicht, die Familie des Toten nicht zu benachrichtigen. Aber er wollte dem Parteikommissar jetzt nicht widersprechen.

»Und, Genosse Ly«, sagte Parteikommissar Hung

scharf. »Das hier ist Ihre Chance. Vermasseln Sie das nicht!«

☆

Es war nach Mitternacht, als Ly bei Minh aufbrach. Sie hatten dann doch noch eine Schnapsflasche geöffnet und einfach nur schweigend getrunken, etwas, das Ly nur mit Minh konnte.

Zu Hause war alles dunkel. Auf der Stiege zur Wohnung stolperte Ly über Ducs Schuhe. Thuy und die Kinder waren also auch zurück, dachte er. So leise wie möglich tastete er sich zum Bett vor. Die Kinder schliefen auf der Matratze auf dem Boden, Thuy im Bett. Er setzte sich neben sie. Unter der Decke konnte er die Umrisse ihres schlanken Körpers ausmachen. Er legte eine Hand auf ihre Hüfte, fast gewichtslos, damit sie es nicht merkte. Sie seufzte leise, wälzte sich im Schlaf herum und zog die Decke bis zur Nase hoch. Ly dachte, er würde sie jetzt gerne fest in den Arm nehmen, von ihr berührt werden, mit ihr schlafen. Das letzte Mal war schon wieder Wochen her. Er vermisste den Geschmack ihrer Haut, ihre Küsse.

»Papa? Bist du das?« Es war Duc, der leise nach Ly rief.

»Ja.«

»Ich kann nicht schlafen.«

»Es ist mitten in der Nacht.«

»Kommst du zu mir?«, fragte Duc.

»Mache ich. Rück mal ein Stück.« Ly zog sich bis

auf Unterhose und T-Shirt aus und legte sich zu seinem Sohn, der sich sofort eng an ihn kuschelte. Ly spürte seinen warmen Atem auf der Brust.

»Papa, ich will nicht nach Singapur«, flüsterte Duc.

Ly legte beide Arme um ihn und drückte ihn. Er wollte auch nicht, dass er ging. Aber das konnte er nicht sagen, er wollte es seinem Sohn nicht noch schwerer machen.

»Ich kenne da niemanden.« Duc zog die Nase hoch.

»Du findest neue Freunde.«

»Ich will keine neuen Freunde. Papa, du musst mitkommen.«

»Ich besuche dich. Schlaf jetzt.« Duc schluchzte leise. Ly strich ihm über die Stirn. Nach einer Weile hörte er ihn gleichmäßig atmen. Er selbst konnte noch lange nicht einschlafen.

☆

Mitten in der Nacht wachte Bui Dai auf. Er fror. Der Wind zog kalt durch das Fenster herein, das keine Glasscheibe, sondern nur Gitterstäbe hatte. In der Dunkelheit hörte er die anderen Männer atmen. Einige schnarchten. Er versuchte sich aufzurichten. Ein stechender Schmerz fuhr ihm durch den Körper. Er schrie auf und ließ sich kraftlos zurücksinken. »Ruhe«, brüllte es von irgendwoher. Er konnte die Stimme nicht zuordnen. In seinem Kopf dröhnte es. Er krümmte sich auf seiner Pritsche zusammen, die Holzlatten drückten durch die dünne Matte gegen seine Rippen. Das Atmen fiel ihm schwer. Vorsichtig tastete er über den Verband um seine Schläfen. Er fühlte sich feucht an. Sie mussten ihn geschlagen haben, bis er blutete. Er konnte sich nicht erinnern. Er wusste nur noch, dass er nach seinem Sohn gerufen hatte. Wieder und wieder. Er schloss die Augen, er hatte das Gefühl, der Schmerz zerriss ihn. Tränen liefen ihm über das Gesicht. Verdammte Leichenkammer. Etwas anderes war das hier nicht. Sein Junge war doch fast noch ein Kind. Und sie ließen ihn elendig verrecken. Wenn er nur könnte, er würde sie alle umbringen.

Als Ly am nächsten Morgen aufwachte, war Thuy schon weg. Eine Nachricht hatte sie nicht hinterlassen. Er stand auf und ging in die Küche, die sich in dem schmalen Schlauch zwischen Eingang und Zimmer befand. Er nahm sich vor, Thuy nachher anzurufen. Er würde sie zum Essen einladen. Nur sie beide. Vielleicht konnte er sie ja doch noch zum Bleiben überreden.

Er setzte Wasser für Kaffee auf. Im Kühlschrank fand er eine Schüssel gekochten Reis und einen Teller mit Frühlingsrollen. Den Reis kippte er mit etwas Öl in eine Pfanne und drehte das Gas auf. Die Frühlingsrollen schmeckten auch kalt.

»Ly!«, rief jemand von unten. »Ly! Bist du da?«

Ly schaute durch die offenstehende Tür in den Hof hinunter. Auf dem Treppenabsatz stand Dang, der Leiter der Spurensicherung. Er sah noch blasser und müder aus als sonst. Vermutlich hatte er im Nachtbus kein Auge zugetan oder die letzten Tage einfach zu viel gefeiert.

»Warte. Ich komm gleich runter«, rief Ly. Er wollte nicht über die Arbeit sprechen, wenn die Kinder im

Raum waren. Duc schlief zwar noch, aber Huong war wach. Sie lag im Bett und las einen Manga.

»Huong, steh auf. Der Reis steht auf dem Herd. Ich muss mal runter.«

Huong gab nur ein abwesendes »Jaja« von sich. Ly griff nach seinem Hemd, das auf dem Boden vor dem Bett lag, und zog es über. »Huong!«

»Papa! Wo gehst du hin?« Duc blinzelte kurz, sprang dann auf und hüpfte barfuß in die Küche.

Ly fuhr seinem Sohn mit der Hand durch die Haare. »Unten wartet ein Kollege. Ich muss arbeiten.«

Duc schob die Unterlippe vor. »Können wir nicht heute was zusammen machen?«

»Heute nicht«, sagte Ly.

»Wir machen nie was. Nie hast du Zeit. Und bald bin ich weg.« Duc rannte zurück ins Bett und vergrub sein Gesicht in den Kissen.

Ly seufzte. Es tat ihm leid, keine Zeit für Duc zu haben. Aber für dieses Gequengel fehlte ihm jetzt der Nerv. »Duc, hör auf. Und Huong, komm endlich. Der Reis brennt an.«

Dang hatte sich zu Lys Mutter in den vorderen Erdgeschossraum gesetzt und trank Tee. Zwischen ihnen auf dem niedrigen Verkaufstisch waren die Kaugummipäckchen zu Türmen gestapelt und die Gläser mit den Kürbiskernkeksen und Sesamriegeln ordentlich aufgereiht. Die Tütchen mit dem Tabak für die Wasserpfeife lagen in einem offenen Kästchen, die Zigaretten einzeln auf einem Teller. Obwohl erst der dritte Neujahrstag war, hatte Lys Mutter ihren Kiosk schon wieder geöffnet. Sie hatte es noch nie lange ausgehalten, nichts zu tun. Auch jetzt nicht, mit über achtzig Jahren.

»Bist du gerade angekommen?«, fragte Ly an Dang gewandt und setzte sich. Seine Mutter reichte ihm eine Tasse heißen Süßholztee.

»Ich war bereits in der Wohnung dieses Chinesen. Der Portier hat mich reingelassen«, sagte Dang. »Mein Nachtbus war ja schon um vier in der Stadt.«

»Und?« Ly spürte die Aufregung in sich aufsteigen. Er ahnte, dass Dang etwas gefunden hatte, sonst säße er jetzt nicht hier.

Dang rollte ein DIN-A2-Papier aus und reichte es Ly. »Aus dem Arbeitszimmer des Chinesen«, sagte er. Es war eine Bauzeichnung mit Appartementhäusern und Villen, die ringförmig um einen See gruppiert waren. Hinter den Häusern gab es Gärten, und zwischen den einzelnen Gebäuden war viel Platz. Für Ly sah das Ganze aus wie der Plan für ein Urlaubsresort. Er sah seinen Kollegen fragend an.

Dang beugte sich zu Ly vor und zeigte auf eine kleine, kaum lesbare Beschriftung am unteren rechten Rand des Papiers. Dort stand: Gemeinde Tien Cong, Provinz Hung Yen.

»Die Gemeinde liegt kaum vierzig Kilometer von hier entfernt«, sagte Dang. »Direkt am Roten Fluss.«

»Du kennst den Ort?«

Dang sah Ly über den Rand seiner Tasse an und blies in seinen Tee, so dass der Dampf aufstieg. »Ich habe vor ein paar Wochen einen kranken Kollegen in Hung Yen vertreten. Und da gab es genau in dieser Gemeinde einen Todesfall. Der Tote hieß Nguyen Van Tung. Er war der Gemeindevorsteher.« Dang schlürfte vorsichtig seinen heißen Tee. »Ziemlich unschöne Sache. Der Mann lag in seinem Schweinestall. Er war schon ein paar Stunden tot, als seine Frau ihn am frühen Morgen gefunden hat. Und, nun ja, du kannst dir ja denken, wie diese Allesfresser ihn zugerichtet haben.«

Ly verzog sein Gesicht. So genau wollte er sich das gar nicht vorstellen.

»Was war die Todesursache?«

Dang zuckte mit den Schultern. »Sagen wir mal so, allzu viel war von dem Mann nicht übrig. Der Arzt hat Herzinfarkt in den Totenschein eingetragen. Das war wohl naheliegend. Dieser Tung war schwer übergewichtig und hatte seit Jahren Herzprobleme.«

»Und wieso haben sie dich hinzugezogen?«, fragte Ly.

»Gute Frage. Ich denke, sie wollten sich einfach absichern. Nicht, dass es nachher hieß, sie seien schludrig gewesen. Immerhin war der Mann Gemeindevorsteher gewesen.«

Dang fasste für Ly die Ergebnisse seiner damaligen Untersuchung zusammen. Am Todestag hatte es stark geregnet. Außerhalb des Stalls hatte Dang keine Spuren finden können. Falls es welche gegeben hatte, waren sie weggespült worden. Und der Lehmboden im Stall war von den Schweinen vollkommen zerwühlt gewesen. »An der Holzverkleidung im Stall habe ich allerdings Kratzspuren gefunden. In Bodenhöhe. Und unter den Fingernägeln des Toten passende Holzsplitter«, sagte Dang. Das ließ jedoch nicht auf Fremdeinwirkung schließen. Es hieß lediglich, dass der Mann noch gelebt hatte, als er im Stall auf dem Boden lag, was die Theorie, er war dort mit einem Herzinfarkt zusammengebrochen, unterstützte.

»Es könnte natürlich auch sein«, fügte Dang hinzu, »dass der Mann im Stall gewaltsam niedergestreckt wurde oder woanders außer Gefecht gesetzt und dann in den Stall gebracht worden ist. Wo er dann starb. Vielleicht waren es sogar die Schweine, die ihm den Rest gegeben haben. Obwohl, machen Schweine so was?«

»Was hat das mit dem Chinesen zu tun?«, fragte Ly, der immer noch nicht verstand, wo Dang die Verbindung herstellte.

Dang nahm einen rosafarbenen Pappkarton aus einer Tüte, die er mitgebracht hatte. »Der stand in der Wohnung des Chinesen«, sagte er. Es war so ein Karton wie die, in denen Konditoren ihre Kuchen verpackten. Ly nahm sich eine Zigarette vom Verkaufstisch seiner Mutter und sah seinen Kollegen abwartend an.

Dang hob den Deckel. »So etwas«, sagte er, »habe ich auch im Wagen des toten Gemeindevorstehers gefunden.«

Ly spürte, wie die Hitze durch seinen Körper schoss. Sein Atem raste plötzlich. In dem Kasten lag ein Kranz, geflochten aus Weidenzweigen, zwischen denen winzige Blüten steckten. Genauso wie bei dem Kranz, den Ly im Zimmer der Toten von der Baustelle gefunden hatte.

»Ist doch seltsam, so ein Teil gleich bei zwei Todesopfern zu finden«, sagte Dang.

»Bei dreien«, murmelte Ly.

Lys Mutter hatte sich von ihrem Hocker hochgestemmt und wedelte aufgeregt mit den Händen durch die Luft. »Raus mit dem Ding«, zischte sie.

Dang sah Lys Mutter irritiert an, sprang aber sofort auf und brachte den Karton mit dem Kranz in seinen Wagen, der vor dem Haus parkte. Lys Mutter stützte sich an der Wand ab, wobei sie laut ausatmete, und ließ sich dann wieder auf ihren Hocker sinken. »Wollt ihr mich unter die Erde bringen?«, schimpfte sie. »Ein Totenkranz. Es bringt Unglück, so was in ein Haus zu holen. Er lockt den Tod an.«

»Ein Totenkranz? Aus Zweigen?« Ly konnte sich nicht erinnern, so etwas je gesehen zu haben. Die Trauergestecke, die er kannte, waren aus Blumen.

»Wenn du dich mal mehr für die alten Geschichten interessieren würdest, wüsstest du …« Lys Mutter hielt mitten im Satz inne, ihr Blick schien mit einem Mal weit weg. Als sie Ly wieder ansah, sagte sie: »So einen hatten wir auch für deinen Bruder. Erinnerst du dich gar nicht?«

Ly deutete ein Kopfschütteln an. Er war elf gewesen, als sein älterer Bruder im Krieg gegen die Chinesen gefallen war. Im Januar 1979 war das gewesen. Seine Knochen hatten sie mit Hilfe eines Mediums gefunden.

»Es war Winter«, sagte Lys Mutter. »Blumen gab es nicht. Und überhaupt, wer hatte damals schon Geld für Blumen.«

☆

Ly bat Dang, mit ihm nach Tien Cong zu fahren. Dang wusste, wo der Ort lag, und er kannte bereits die Witwe des im Schweinestall verstorbenen Gemeindevorstehers. Die Karaokebar, in der der Chinese sich vergiftet hatte, könnte er sich auch später anschauen. Ngoc hatte gestern noch Bescheid gegeben, dass seine Leute von der Sitte den Laden dichtgemacht und versiegelt hatten. Die Barbesitzerin Sinh hatten sie wegen Verdachts auf Zuhälterei Minderjähriger in Untersuchungshaft genommen, die Mädchen vorerst im Wohnheim der Frauenunion untergebracht.

Hinter der Chuong-Duong-Brücke bogen sie Richtung Westen auf die Deichstraße. Die Karosserie von Dangs altem Dienstwagen schepperte bei jeder Delle und jedem Bodenloch, durch das sie fuhren. Während der Fahrt aßen sie die *banh my pate*, mit Fleischpastete belegte Baguettes, die Ly schnell noch bei einer Straßenhändlerin gekauft hatte. Das Brot war knusprig, die Pastete warm und gut gewürzt.

Hinter der Landebahn des alten Gia-Lam-Flughafens, auf dem mehrere Hubschrauber standen, wurde es schnell ländlich. Ly kurbelte das Fenster herunter. Die Luft roch nach nassem Gras und Dung. In einiger Entfernung konnte er die Schornsteine der Backsteinöfen unten am Flussufer ausmachen. Vor einer Pagode in einer Biegung des Deiches waren die bunten Festflaggen gehisst. Um den Glockenturm wucherten Bananenstauden. Trommelklänge drangen zu ihnen heraus.

»Meinst du, wir haben es mit einem Dreifachmord zu tun?«, fragte Dang.

Ly sah weiter aus dem Fenster und ging in Gedanken die drei Todesfälle durch: der von Schweinen zerfressene Gemeindevorsteher von Tien Cong, ein vergifteter Chinese, in dessen Wohnung eine Bauzeichnung für eben dieses Tien Cong lag. Und eine tote alte Frau auf einer Baustelle. »Sieht fast danach aus«, sagte Ly. »Das ist doch kein Zufall mit diesen Kränzen. Die Frage ist nur, was sie zu bedeuten haben.«

»Trauergestecke als Morddrohung, ist doch ziemlich eindeutig«, sagte Dang. »Da wollte jemand Angst verbreiten. Wenn ich so ein Teil bekäme, würde ich sterben vor Angst.«

»Du hättest doch gar nicht gewusst, was das ist«, sagte Ly und schob nachdenklich hinterher: »Wieso nimmt der Mörder solche altmodischen Teile? Die alte Frau von der Baustelle wusste vielleicht noch, was das ist, aber die anderen beiden?«

»Beim Kranz des Chinesen lag ein Umschlag. Die Karte hab ich nicht gefunden. Vielleicht hat der Mörder sich da erklärt?«

Schon möglich, dachte Ly. Trotzdem fand er das etwas verschroben, oder einfach zu kompliziert.

Dang nahm einen steilen Pfad vom Deich hinunter und bog hinter einem betongegossenen Kriegerdenkmal in Form einer auflodernden Flamme in einen Feldweg ein. »Wir sind gleich da«, sagte er und zeigte auf die Häuser, die in einiger Entfernung hinter den frisch gepflügten Feldern auftauchten. In ein paar Tagen würden die Reissetzlinge ausgeworfen werden. Noch war es zu kalt.

Die Gemeinde Tien Cong bestand aus zwei Dörfern, die eng beieinanderlagen. Für einen Fremden war die Grenze nicht ersichtlich. Der Ort erinnerte Ly an den seiner Schwiegermutter. Eine Schule, ein Bolzplatz, Bambushecken, alte Backsteinmauern, die die Höfe umgaben, Matsch, Pfützen, unasphaltierte Wege.

☆

Sie trafen die Witwe des Gemeindevorstehers im Hof vor ihrem Haus an. Sie war eine kleine, drahtige Frau Mitte dreißig, in schlammverschmierten Gummistiefeln, mit dicker Wollmütze und einem langen Pullover über einer löchrigen Hose. Sie erkannte Dang sofort wieder und begrüßte ihn. Ly meinte, Verwirrung in ihren Augen zu sehen. Als Dang Ly dann auch noch als Kollegen von der Mordkommission vorstellte, bildete sich auf ihrer Stirn eine steile Falte. Unruhig sah sie zwischen ihnen hin und her. »Sie ermitteln nun doch?«

»Wir möchten uns nur noch einmal den Schweinestall ansehen«, sagte Ly und hob beschwichtigend die Hände. »Für die Akten.« Er sah keinen Grund, die Frau unnötig zu beunruhigen.

Der Schweinestall, ein einfacher Backsteinbau, lag versteckt hinter dem Haus, umgeben von Teebüschen, Bananenstauden und jungen Papayabäumen. Derzeit hielt die Bäuerin sechs Schweine darin. Fette Säue und einen Eber, der in einem abgetrennten Holzverschlag stand.

Ly ging um den Stall herum bis zu einem Gatter. »Wo führt der Weg hin?«, fragte er und zeigte auf den Pfad hinter der Hofmauer.

»Zur Dorfstraße«, sagte die Witwe.

»Es ist also möglich, in den Stall zu gelangen, ohne vom Haus aus gesehen zu werden?«

Die Frau nickte.

»Dort drüben auf dem Weg hat auch sein Wagen gestanden«, fügte Dang an, der neben Ly getreten war.

»Und keine Schleifspuren?«, fragte Ly.

»Ich hab doch schon gesagt, es hatte in der Nacht ziemlich stark geregnet.«

Ly ließ seinen Blick über das Gelände schweifen. Dang hatte erwähnt, dass dieser Gemeindevorsteher ein bulliger und kräftiger Typ gewesen war. Ihn gegen seinen Willen in den Stall zu bringen, wäre nicht einfach gewesen. Selbst wenn er schon nicht mehr fähig gewesen wäre, sich zu wehren, müsste die Person, die ihn zum Stall gebracht hatte, stark gewesen sein. Obwohl, dachte Ly, vielleicht hätte es auch eine Frau geschafft. Eine Frau, die tagtäglich in den Feldern schuftete. Die Bäuerinnen hatten mehr Kraft, als man ihnen ansah.

»Im Kofferraum des Wagens lag der Kranz«, sagte Dang.

»Was für ein Kranz?«, fragte die Witwe.

Dang zeigte ihr ein Foto vom Kranz des Chinesen, das er auf seinem Handy gespeichert hatte. »So ein ähnlicher Kranz lag bei Ihrem Mann im Kofferraum.«

Die Frau sah Dang mit großen Augen an. »Das haben Sie nie erwähnt.«

»Mir war nicht klar, dass es wichtig sein könnte«, sagte Dang. »Deshalb hatte ich Sie nicht darauf angesprochen.«

»Das ist ein Totenkranz, so wie ...« Sie stockte, dann fragte sie mit brüchiger Stimme: »Heißt das, mein Mann wurde ... der Kranz ist doch eine Morddrohung, oder?«

»Könnten wir uns ins Haus setzen?«, fragte Ly, ohne weiter auf ihre Frage einzugehen. Die feuchte Kälte kroch ihm in die Knochen.

Sie nickte stumm, und Ly und Dang folgten ihr.

Wie die meisten alten Bauernhäuser hatte auch dieses Haus nur einen einzigen großen Raum. In der Mitte stand der Ahnenaltar, davor ein Tisch mit zwei Holzbänken, seitlich standen die Betten. Auf einem der Betten schlief ein Kleinkind. In die Dachbalken und die tragenden Holzsäulen waren Drachen und Feen geschnitzt.

Ly betrachtete die Fotos, die eingerahmt auf dem Altar standen, zwei alte Schwarzweißfotos und ein neueres Farbfoto, das einen Mann mit einem runden Gesicht und Doppelkinn zeigte. Seine Haut war stark gerötet, der Haaransatz schon weit zurückgegangen. »Ist das Ihr Mann?«, fragte Ly an die Frau gewandt.

Sie bejahte, ohne zu dem Foto hinüberzusehen, und goss Nescafé auf. Dazu stellte sie eine Schale mit kandierten Lotuskernen und dünnen Kokosnussstreifen auf den Tisch.

Ly mochte den Pulverkaffee nicht, trank aber aus Höflichkeit etwas davon. Sie gingen noch einmal die Todesumstände des Gemeindevorstehers durch, und die Witwe schilderte alles so, wie Dang es Ly bereits erzählt hatte. Allerdings erwähnte sie etwas, das Ly neu war: Ihr Mann sei vor seinem Tod drei Tage lang nicht nach Hause gekommen. Sie habe ihn erst wieder gesehen, als er tot im Stall lag. Es sei früh am Morgen gewesen, sie hatte die Schweine füttern wollen. Da habe sie ihn gefunden. Sie sprach langsam und legte immer wieder Pausen ein. Jetzt, wo sie die Mütze abgenommen hatte, blieb Lys Blick an der kahlen Kopfhaut um ihren Scheitel hängen. Zwar hatte sie sich die Haare geschickt quer gebürstet, dennoch war die

Stelle nicht zu übersehen. Sie musste Lys Blick bemerkt haben, denn sie fuhr sich mit einer hektischen Handbewegung über die Stelle und murmelte: »Mein Mann … er konnte sehr wütend werden.«

Zum Himmel, dachte Ly. Wie konnte man seiner Frau die Haare in Büscheln ausreißen? Wer machte so etwas? Er steckte eine *Thang Long* zwischen die Lippen, ohne sie anzuzünden. Er wusste nicht, was er sagen sollte. Er dachte an seine jüngste Schwester. Auch sie wurde immer wieder von ihrem Mann, Lys Kollegen Ngoc von der Sitte, verprügelt. Aber sie lehnte jedes Gespräch und jede Hilfe ab. Und verlassen wollte sie ihren Mann auch nicht. Ly konnte nicht umhin zu denken, dass es dieser Frau, die ihm hier gegenübersaß, ohne ihren Ehemann besser ging.

»Wo ist Ihr Mann vor seinem Tod gewesen?«, fragte er.

»Er war mit einer Frau unterwegs«, sagte sie leise und erzählte, dass sie draußen im Hof gewesen sei, als die Frau ihn abgeholt hatte. Sie habe einen Geländewagen gefahren, dunkelblau oder schwarz, so genau könne sie das nicht mehr sagen. Ihr Mann habe noch ein Hemd aus dem Haus geholt, und die beiden seien zusammen weggefahren.

»Sie sagen, er hat ein einziges Hemd mitgenommen?«

»Ja. Ein Hemd.«

Er hatte also nicht geplant, drei Tage wegzubleiben, dachte Ly. »Und diese Frau. Wer war sie?«

Die Witwe dachte einen Moment über Lys Frage nach, schüttelte dann aber den Kopf. »Ich habe ihr Gesicht nicht richtig sehen können. Sie ist nicht ausgestiegen. Sie trug auf jeden Fall eine große Sonnenbrille.«

Ly seufzte. Diese Angaben brachten ihn nicht weiter. Vor ein paar Jahren noch hätte er allen Haltern von dunklen Geländewagen im Umkreis von zweihundert Kilometern einen kurzen Besuch abstatten können. Mittlerweile allerdings fuhr jeder Trottel mit Geld so ein Angeber-Auto. Ly wäre Monate beschäftigt, sie alle zu überprüfen.

»Sie muss jung gewesen sein«, fügte die Witwe hinzu und sah auf ihre Hände, mit denen sie ihre Knie umfasst hielt. Ly konnte sehen, wie ihr Brustkorb sich hob und senkte. Als sie weitersprach, war nicht zu überhören, wie schwer es ihr fiel. Es war nur noch ein abgehacktes Flüstern. »Alle seine Frauen waren jung. Manchmal hat er sie mit hergebracht. Es waren immer andere. Ich habe dann draußen gewartet. Mit den Kindern.«

Was war dieser Tung nur für ein Mensch gewesen?, fragte Ly sich, zündete seine Zigarette an und atmete tief ein. Eigentlich wäre es nur verständlich, wenn seine Ehefrau ihn ermordet hätte. Aber wenn dem so war und seine Theorie mit den Kränzen und dem Dreifachmord stimmte, musste sie auch die anderen Morde begangen haben. Und das konnte Ly sich nicht vorstellen. Er suchte seine Jackentaschen nach dem Foto der

Toten von der Baustelle ab und hielt es ihr hin. Etwas zögerlich streckte sie ihre Hand danach aus, hielt es sich dicht vor die Augen und betrachtete es aufmerksam.

»Nein, diese Frau kenne ich nicht«, sagte sie mit einem Kopfschütteln. Ly konnte nicht sagen, warum, aber er glaubte ihr.

»Kennen Sie einen Chinesen? Er heißt Zhang.«

»Zhang?«, fragte sie und stand auf. Das Kind war aufgewacht und weinte. Sie nahm es hoch und wiegte es leicht. Es beruhigte sich, sah die Besucher kurz an und drückte dann sein Gesicht in die Brust seiner Mutter.

»Vielleicht hatte ihr Mann mit ihm zu tun?«, hakte Ly nach.

»Es gab da einen Chinesen«, sagte sie. »Wie er hieß, weiß ich nicht. Er wollte hier im Dorf Häuser bauen. Die Enteignung war …« Sie hielt abrupt inne.

»Was war mit der Enteignung?«, versuchte Ly sie zum Weiterreden zu bewegen.

Sie schüttelte hastig den Kopf. »Das … mein Mann, er hat mich nie in seine Geschäfte eingeweiht. Sie sollten mit seinem Nachfolger darüber sprechen.«

☆

Die Nachfolge als Gemeindevorsteher hatte ein Mann namens Phu angetreten. Er wohnte einige hundert Meter die Dorfstraße hinunter in einem grau verputzten, zweistöckigen Neubau. Aus den Außenwänden ragten lange Metallstreben heraus, so, als sei das Haus eigentlich einmal für eine Etage mehr konzipiert gewesen. Im Haus lief ein Fernseher, was trotz geschlossener Tür nicht zu überhören war.

Ly klopfte. Es dauerte einen Moment, bis eine alte Frau öffnete. Sie war klein, mit krummem Rücken, der so typisch für Frauen ihres Alters war, die ihr Leben lang schwere Körbe am Schulterjoch über die Felder und auf die Märkte geschleppt hatten. Ihre weite schwarze Hose und die dick wattierte Samtjacke verbargen nicht, wie dünn sie war. Sie schaute sie aus kleinen, wässrigen Augen an.

»Wir suchen Herrn Phu«, sagte Ly.

Ohne ein Wort zu sagen zog die Frau die Tür ein Stück weiter auf und ließ sie ein. Sie standen direkt im Wohnzimmer. Ein wuchtiger, rosafarben blühender Pfirsichbaum nahm den halben Raum ein. Seine Äste waren mit roten und goldenen Anhängern geschmückt, die ein segensreiches neues Jahr verhießen. Auf dem Boden vor der Wand standen mehrere Geschenkkörbe, wie man sie Funktionären wie diesem Herrn Phu zu *Tet* überreichte. Mit Kaffee, Keksen, Whiskey … und Geldumschlägen.

Auf einem schwarzen Ledersofa vor dem Fernseher lag ein Teenager, der ihr Eintreten gar nicht wahrnahm. Er guckte eine dieser neuen vietnamesischen Polizeiserien, die momentan so beliebt waren. Auf einer Reisstrohmatte auf dem Boden saßen zwei Männer, zwischen sich Teller mit Erdnüssen, getrocknetem Rindfleisch und Chilisoße. Einer der Männer stand auf und kam auf sie zu. »Sie suchen mich?«, fragte er und zog seine Krawatte zurecht. Sein Atem roch streng nach Alkohol. Er wirkte gedrungen und hatte ein feistes formloses Gesicht, wie Ly es bei Kadern immer öfter zu sehen meinte. Sein rechter Schneidezahn war herausgebrochen und hatte nur einen kantigen Stummel hinterlassen.

Ly stellte Dang und sich vor, ohne jedoch die Mordkommission zu erwähnen. Herr Phu bat sie, Platz zu nehmen, scheuchte den Teenager aus dem Raum und schaltete den Fernseher aus. Ly und Dang zogen ihre Schuhe aus. Die alte Frau setzte sich in einiger Entfernung zu ihnen auf einen Stuhl, zog die nackten Füße auf den Sitz und begann, mit einem kurzen scharfen Messer Betelnüsse zu vierteln, wobei sie Ly und Dang nicht aus den Augen ließ.

Der Mann, der auf der Matte sitzen geblieben war, hatte mittlerweile Whisky für Ly und Dang eingeschenkt. Er stellte sich als Big Jim vor. Den Spitznamen erklärte er mit seiner Vorliebe für Jim Beam. Er musste um die fünfzig sein, hatte aber etwas Jugendliches. Er war schlank, mit markanten Gesichtszügen. Anders als der Hausherr hatte er keinen Anzug an, sondern eine dunkelblaue Jeans und ein schwarzes Hemd. Um sein Handgelenk trug er eine Rolex.

»Kennen Sie einen Chinesen namens Zhang?«, fragte Ly ohne lange Vorrede.

»Zhang?«, fragte Herr Phu, der neue Gemeindevorsteher, und Ly entging nicht, dass er Big Jim einen Blick zuwarf, bevor er nickte.

»Können Sie da etwas genauer werden?«, fragte Ly.

»Zhang wollte bei uns eine Wohnanlage bauen«, sagte Phu.

Ly rollte die Bauzeichnung aus der Wohnung des Chinesen auf und legte sie vor die beiden Männer auf den Boden. »Ist es das?«

Wieder nickte Phu, wobei der Kragen seines Hemdes seinen fleischigen Hals hochschob. »Aber ich kann Ihnen gar nicht viel dazu sagen.« Seine Stimme klang unsicher, und seine Augen huschten zwischen Ly, Dang und Big Jim hin und her. »Sie müssen wissen, ich habe das Amt des Gemeindevorstehers erst kürzlich übernommen.«

»Kommissar Ly, ich denke, ich kann Ihnen da mehr zu sagen«, mischte sich Big Jim in das Gespräch ein. »Was genau wollen Sie wissen?«

»Zum Beispiel, wie es kommt, dass Sie uns mehr dazu sagen können?« Ly legte die Betonung auf das *Sie*.

Big Jim lehnte sich gegen die Wand in seinem Rücken und sah Ly mit offenem Blick an, wobei er sein Handgelenk mit der schweren Uhr schüttelte. »Ich war in das Projekt involviert«, sagte er und erzählte, dass es auf Provinzebene den Plan gegeben hatte, eine Brücke über den Roten Fluss zu bauen, kaum einen Kilometer flussabwärts von Tien Cong. Damit wäre die Gemeinde an das neue Straßennetz angeschlossen worden. Die Fahrzeit zwischen Tien Cong und Hanoi hätte sich halbiert, Tien Cong wäre also auch für Hanoier als Wohnort interessant geworden. »Das waren ziemlich gute Aussichten. Leider wurde aber der Plan für die Brücke gekippt. Das war's dann auch mit Zhangs Bauprojekt.« Big Jim machte ein schnalzendes Geräusch mit der Zunge.

»Sie sagten, Sie waren involviert«, sagte Ly. »In welcher Form?«

»Ich sitze in der Distriktverwaltung, da sind wir in solche Projekte eingebunden. Außerdem bin ich Bauunternehmer.«

»Hier?« Ly konnte sich nicht recht vorstellen, wie man als Bauunternehmer in so einer abgelegenen Gegend überlebte. Und dieser Big Jim wirkte auf ihn nicht wie jemand, der sich mit wenig Geld zufriedengab.

Um Big Jims Mundwinkel zuckte es amüsiert. »Ich lebe nur hier in Tien Cong, mein Büro habe ich in Hanoi.« Er reichte sowohl Ly als auch Dang eine Visitenkarte, die er aus einer silbernen Kartendose zog. Sein Büro befand sich im Hanoi Tower. Eine teure Adresse, dachte Ly.

»Hatte Zhang Ihnen den Bauauftrag gegeben?«

»Ja, ich sollte die Bauplanung und Ausführung übernehmen«, sagte Big Jim.

»Wie praktisch«, sagte Ly.

Big Jim lächelte, es sah jetzt nicht mehr allzu freundlich aus. »Worauf wollen Sie hinaus? Dass ich Geld angenommen habe, um das Projekt zu genehmigen? Oder dass ich gezahlt habe, um den Auftrag zu bekommen?«

»Vielleicht beides?«

Big Jim hob sein Glas. »Auf Ihre Gesundheit.«

»Welche Rolle spielte der Chinese?«, fragte Ly, dem klar war, dass er zu Geldschiebereien, egal in welche Richtung, von Big Jim sowieso nicht mehr erfahren würde.

»Zhang sollte das Investitionsvolumen auftreiben. Er hatte das Geld in seinem Heimatland akquiriert. Soweit ich weiß, lief das wie eine Art Immobilienfonds bei einer Bank, nur eben ohne die Bank dazwischen.«

»Ist das ungewöhnlich?«, fragte Ly, immer noch an Big Jim gewandt. Das Gespräch spielte sich sowieso nur noch zwischen ihm und dem Bauunternehmer ab. Der neue Gemeindevorsteher Herr Phu war ebenso wie Dang nur ein stummer Zuhörer ihrer Konversation.

Big Jim schob die Lippen vor und schüttelte den Kopf. »Wer vertraut schon sein Geld noch den Banken an. Aber sagen Sie, worum geht es hier eigentlich?«

»Zhang ist tot«, sagte Ly.

Herr Phu war mit einem Mal sehr blass, was aber, wie Ly vermutete, nicht unbedingt etwas mit dem Tod des Chinesen, sondern mit dem Tod an sich zu tun hatte.

»Ach? Wie das?«, fragte Big Jim gelassen. Ihn schien der Tod nicht weiter zu berühren.

»Rattengift«, sagte Ly.

»Gehen Sie von Mord aus?«

»Wir müssen in alle Richtungen offen ermitteln. Zhang war Chinese. Die Botschaft wird Fragen stellen.« Ly zog das Foto der Toten von der Baustelle aus der Tasche. »Kennen Sie diese Frau?«

»Nein, nie gesehen«, sagte Big Jim nach einem kurzen Blick auf das Bild. Auch Herr Phu verneinte. Ly überlegte kurz, ob er die beiden auf den Tod des ehemaligen Gemeindevorstehers ansprechen sollte, ließ es aber bleiben. Sie mussten noch nichts über eine mögliche Verbindung zwischen den Toten wissen. Auch die Kränze erwähnte er nicht. Er hatte das Gefühl, dass es nicht gut wäre, ihnen, insbesondere diesem Big Jim, mehr Informationen als nötig an die Hand zu geben. »Wann haben Sie Zhang zuletzt gesehen?«

»Herr Phu kannte Zhang gar nicht persönlich«, sagte Big Jim sofort.

»Und Sie?«, fragte Ly.

»Das war vor ziemlich genau einem Monat. Nachdem das Bauprojekt gescheitert war, habe ich Zhang geholfen, seine Landnutzungsrechte wieder zu veräußern. Also, um genau zu sein, lagen die Rechte bei mir, aber natürlich … na ja, Sie verstehen schon, immerhin war es Zhangs Geld.«

»Sie waren also sein Strohmann.«

»Strohmann. Bauunternehmer. Ich habe mich als

Paket verkauft.« Big Jim hob die Hände und lachte. »Sie kennen doch diese Spielchen mit ausländischen Investoren.«

Ly nickte, auch wenn er sich mit diesen Spielchen nicht auskannte. Er wusste nur, dass der Staat das Land offiziell im Namen des Volkes verwaltete. Niemand besaß Land, Privatpersonen hatten allerdings das Recht zur Landnutzung über verlängerbare Pachtverträge mit langer Laufzeit. Und die Grundstücke durften sogar vermietet, verkauft und vererbt werden.

»Als Strohmann musste ich natürlich mit Zhang zu dem Käufer«, fügte Big Jim hinzu.

»Und nun übernehmen Sie sicher gleich auch die Bauleitung für den neuen Besitzer.«

Big Jim lachte auf, diesmal klang es spöttisch. »Ich weiß nicht einmal, was er mit dem Land vorhat.«

»Wer ist der Käufer?«

»Der Mann heißt Vo Vinh. Er hat sein Geld mit dem Import von Toilettenschüsseln gemacht. Ein Klomann.« Wieder lachte Big Jim und gab Ly Telefonnummer und Adresse dieses Vo Vinh, der in Hanoi in der Royal City wohnte, einem Wohnareal mit Appartementhochhäusern und der größten Shopping Mall der Stadt.

»Bevor wir nach Hanoi zurückfahren, würden wir gerne noch mit den Bauern sprechen, die enteignet worden sind«, sagte Ly und sah zu der alten Frau hinüber, die ihn immer noch reglos anstarrte. Auf ihren

Lippen und in den Mundwinkeln hatte sich blutroter Betelsaft gesammelt.

»Wer hat Ihnen gesagt, dass es Enteignungen gab?«, fragte Big Jim, und Ly meinte einen misstrauischen Unterton herauszuhören.

»Sie wollen mir erzählen, es gab keine Enteignungen? Woher kam das Land dann?«

»Ein gutes Stück des Landes gehörte vorher der Gemeinde«, sagte Big Jim, der schon wieder mit seiner Uhr klimperte, was Ly zunehmend nervte. »Natürlich gefiel es dem einen oder anderen nicht, dass die Gemeinde das Land an den Chinesen gegeben hatte. Aber dann wurden von dem Erlös die Schule und die Krankenstation modernisiert. Das hat alle besänftigt.«

»Keine Privatpersonen wurden enteignet?«

»Der ein oder andere hat Land verkauft.« Big Jim lehnte sich zur Seite und legte Herrn Phu seine Hand auf die Schulter. »Phu zum Beispiel, er hat Land verkauft.«

»Ja, genau«, beeilte Phu sich zu sagen und nickte hastig. »Die Bezahlung war gut. Ich kann mich nicht beklagen.«

»Was redet ihr da?«, zischte die alte Frau durch zusammengebissene Zähne, beugte sich vor und spuckte roten Betelsaft in eine Metallschale, die auf dem Boden stand.

»Mutter!« Phu sprang auf und packte sie am Arm. »Sie ist senil. Seit Jahren schon …«, stammelte er.

Seine Mutter schlug mit der freien Hand nach ihm, woraufhin er kurz losließ, um sie dann aber nur noch fester an den Handgelenken zu fassen.

»Bui Dai, was habt ihr mit Bui Dai gemacht?« Die alte Frau schrie jetzt. »Was habt ihr ihm angetan!«

»Komm, Mutter, beruhige dich.« Phu drängte sie zur Tür. Sie spuckte noch mal aus, der rote Betelsaft landete auf der Anzughose ihres Sohnes. Big Jim verfolgte die Szene mit kaltem Blick.

Herr Phu hatte seine Mutter jetzt durch die Tür gezerrt, die er hinter sich mit dem Fuß zutrat. Ly hörte die Frau immer noch schreien.

»Wer ist Bui Dai?«, fragte Ly Big Jim.

»Was fragen Sie mich? Sie haben doch gehört, die alte Frau ist verwirrt.«

☆

Sie fuhren die Dorfstraße hinunter. Dang hielt das Lenkrad mit beiden Händen fest, damit der Wagen auf der holprigen Straße nicht ausbrach. Kleine Vögel flatterten mit hektischen Flügelschlägen durch die Luft. Kinder rannten mit brennenden, auf Fäden aufgezogenen Pomelokernen über die Straße. Trotz geschlossener Wagenfenster meinte Ly das brennende Öl der Zitrusfrucht zu riechen. »Also, dieser neue Gemeindevorsteher – wenn du mich fragst«, sagte Dang, »ist der nur eine Marionette von Big Jim.«

Ly nickte, er sah das ähnlich. »Und die alte Frau? Die war doch nicht wirklich senil, oder?«

»So nervös, wie die beiden Männer geworden sind, als sie anfing rumzuschreien ... Auf jeden Fall war was dran an dem, was sie gesagt hat.«

Bui Dai, das war der Name, den die alte Frau genannt hatte, dachte Ly. Er musste mehr über diesen Mann herausfinden.

Hinter der Dorfpagode bog Dang Richtung Fluss ab. Eine Ratte huschte vor ihnen über den Weg. Nur vereinzelt standen noch Häuser zwischen den Feldern. Das Land, das dieser Chinese hatte bebauen wollen, musste nahe am Deich liegen. Als sie näherkamen, sahen sie es sofort. Das Bauland war nicht zu übersehen. Ein hoher Lattenzaun umgab das gesamte Areal. Eine Plakatwand, die schief im Boden steckte, bewarb die Villen und Luxusappartements, die hier hatten entstehen sollen. Als Bauherr war Big Jim angegeben.

Dang stellte den Motor ab. Sie stiegen aus. Der Wind fegte, Sand wirbelte durch die Luft. Ly kniff die Augen zusammen. Sie gingen zum Zaun hinüber und schielten durch die breit gesteckten Latten.

Das Land auf der anderen Seite der Absperrung war plattgewalzt. In den Baugruben stand das Wasser. Die Wege zwischen den einzelnen Baugrundstücken allerdings waren bereits geteert. Mittelstreifen und Markierungen für Parkbuchten waren gezogen. Straßenlaternen standen. Die reinste Geisterlandschaft, dachte Ly.

»Hey, Sie da! Was suchen Sie da?«, rief jemand hinter ihnen. Über einen Feldweg kam ein kleiner, bulliger Mann auf sie zu. Sein Gesicht war stark gerötet. Er zog das rechte Bein nach. Den Kragen seiner Lederjacke hatte er hochgeklappt, die Hände in den Jackentaschen vergraben.

»Manh, der lokale Polizeichef«, flüsterte Dang Ly zu.

»Was gibt's da zu sehen?« Der Mann stand jetzt nur noch wenige Meter von ihnen entfernt. »Das ist Privatgelände.« Seine Stimme hatte etwas Knurrendes.

Dang hob die Hand zum Gruß und rief: »Hallo! Ich bin Do Van Dang. Erinnern Sie sich? Ich war letztens wegen Ihrem verstorbenen Gemeindevorsteher hier.«

Manh sah Dang fragend an. Er schien keine Ahnung zu haben, wer Dang war.

»Vom technischen Erkennungsdienst in Hanoi«, fügte Dang hinzu.

»Ach, Sie waren das. Das war aber auch ein Fall. Von Schweinen zerfressen. Als ob sterben allein nicht schon schlimm genug ist.«

Dang ging nicht weiter auf den Kommentar ein und stellte Ly vor. Bei dem Wort Mordkommission verengten sich die Augen des Provinzpolizisten. Ly war klar, dass er als Hauptstadtkommissar hier nicht willkommen war. Zwar gab es eine neue Verordnung, die ihm erlaubte, ohne Genehmigung in den an Hanoi angrenzenden Provinzen zu ermitteln, aber seine Anwesenheit untergrub natürlich die Autorität dieses lokalen Polizeichefs.

»Geht es schon wieder um Tung und diese Schweine?«, fragte Manh.

»Ja«, sagte Ly.

»Und Sie sind von der Mordkommission? Wollen Sie mir sagen, unser Gemeindevorsteher ist ermordet worden? Da bin ich aber zu einem anderen Schluss gekommen.« Manh straffte die Schultern und drückte die Brust raus.

Wie ein Gockel, dachte Ly und verkniff sich nur schwer ein Grinsen. »Es gab noch zwei Tote. Wir vermuten einen Zusammenhang.«

»Einen Zusammenhang, ja?«

»Bei allen dreien wurden Totenkränze gefunden. So wie man sie früher geflochten hat.«

»Totenkränze, ach. Kann doch Zufall sein«, sagte Manh.

»Einer der anderen Toten war der Chinese, der hier in dieses Land investieren wollte«, sagte Ly.

Mit einem Schlag veränderte sich Manhs Gesichtsausdruck. Schrecken, Angst, Unglauben – so genau konnte Ly seinen Blick nicht zuordnen. Ohne ihm eine Pause zu gönnen, um sich wieder zu fassen, hielt er Manh ein Foto der toten alten Frau von der Baustelle hin.

Manh starrte das Bild an, die Zähne fest aufeinandergepresst, so dass die Sehnen an seinem Hals hervortraten. »Nie gesehen«, sagte er unwirsch.

»Sind Sie sicher?«, fragte Ly und bot Manh eine *Thang Long* an. Vielleicht stimmte das den Mann etwas freundlicher. Manh nahm die Zigarette, rauchte und blies den Rauch durch die Nase aus. »Die Frau hab ich nie gesehen.«

»Wo finden wir Bui Dai?«, fragte Ly.

»Der wohnt nicht mehr im Dorf.«

Ly schlug unauffällig seine Faust in die Hand und jubelte innerlich. Bui Dai war also nicht das Hirngespinst einer alten Frau. »Wo ist er hin?«

»Weiß ich doch nicht. Hier lebt er nicht mehr.«

»Und wie ist die Enteignung abgelaufen?«, fragte Ly weiter.

Manh hustete und klopfte sich mit der Faust gegen die Brust. »Wie das halt so ist. Die Bauern versuchen immer mehr Geld rauszuschlagen.«

☆

Die Heizungsluft und das Schaukeln des Wagens ließen Ly schläfrig werden. Er schloss die Augen und ließ den Besuch in Tien Cong noch einmal Revue passieren. Das, was er gehört hatte, schien ihm viel weniger wichtig als das, was nicht gesagt worden war. Die Männer, mit denen er gesprochen hatte, verbargen etwas. Da war er sich sicher. Und die Witwe des verstorbenen Gemeindevorstehers hatte Angst. Er fragte sich, ob es etwas mit dem Tod ihres Mannes zu tun hatte oder einfach die Angst vor den Dorfkadern war, die, wie er es aus dem Dorf seiner Schwiegermutter kannte, sich gerne wie Autokraten aufführten und alle schikanierten, die nicht kuschten. Er musste unbedingt diesen Bui Dai ausfindig machen. Wenn er nicht mehr in Tien Cong lebte, würde er es vielleicht wagen, irgendetwas gegen diese eingeschworene Dorfsippe zu sagen.

Dang fuhr die Auffahrt zur Chuong-Duong-Brücke hoch. Der Verkehr staute sich. Langsam hielt der Alltag wieder Einzug. Vor dem Brückengeländer standen mehrere Verkehrspolizisten in ihren aprikotfarbenen Uniformen. Sie hatten gerade eine hoch mit Säcken beladene Simpson aus dem Verkehr gezogen. Den gelben Lamborghini, der in viel zu hohem Tempo über die Brücke raste, ließen sie fahren. Typisch, dachte Ly. Man wusste ja nie, wer der Fahrer war. Er könnte Einfluss haben und Ärger machen. Da ließ man lieber die Finger davon.

Ly nahm sein Telefon und rief in der Polizeizentrale an. Die Informationen von der Ausländerbehörde über den Chinesen waren noch nicht eingegangen. Und über den Wohnort von Bui Dai meinte die Telefonistin Ly auch keine Auskunft geben zu können. Zumindest nicht so schnell. Sie sagte, wenn Ly nicht einmal die Provinz kenne, in der der Mann lebte, würde so eine Anfrage mehrere Tage dauern. Ly schimpfte laut vor sich hin. Er musste Lan um Hilfe bitten. Anders als diese Schnepfen in der Zentrale kam seine ehemalige Assistentin immer sofort an alle wichtigen Informationen heran. Allerdings hatte sie ihm bei ihrem letzten Gespräch unmissverständlich zu verstehen gegeben, dass sie nicht vorhatte, in irgendeiner Form je wieder für die Polizei zu arbeiten. Nach kurzem Zögern tippte Ly trotzdem ihre Nummer. Mit jedem Klingeln wurde er unruhiger. Nahm sie jetzt nicht einmal mehr ab, wenn sie seinen Namen auf dem Display sah? Doch dann hörte er ein Klacken in der Leitung und Lans Stimme: »Ly?«

»Ein frohes neues Jahr«, sagte er so beiläufig wie möglich.

»Ja, Ly, dir auch«, sagte sie. »Was ist los?«

Ly räusperte sich. Sie merkte auch immer sofort, wenn er etwas von ihr wollte. »Ich brauche deine Hilfe. Ich bin da an einem Fall …«

»Du bist wieder im Dienst?«, unterbrach sie ihn.

»Noch nicht richtig. Also ich meine, ja, ich arbeite an einem Fall …«

»Ly. Ich habe dir das doch erklärt. Ich will das alles nicht mehr.« Ein Anflug von Verzweiflung lag in ihrer Stimme.

»Lan, bitte. Wenn ich das hier vermassel, hebt der Parteikommissar meine Suspendierung nie auf. Das ist meine einzige Chance.«

Einen Moment lang sagte Lan nichts. Dann hörte Ly, wie sie seufzte, und er wusste, dass er gewonnen hatte. Er musste lächeln und war froh, dass Lan ihn jetzt nicht sah.

Dang setzte Ly am Präsidium ab und fuhr gleich weiter. Er hatte gesagt, er wolle noch in die Wohnung der

Toten von der Baustelle, dann nach Hause. Die Karaokebar würde er sich morgen vornehmen. Nach der schlaflosen Nacht im Überlandbus würde er das heute nicht auch noch schaffen.

Ly blieb vor dem Präsidium stehen. Die Flügeltüren zum Foyer, in dem die Büste Ho Chi Minhs stand, waren zur Straße hin weit geöffnet. Die Büste war hell angestrahlt. Ansonsten lag das ganze Gebäude wie verlassen da. Nicht ein Fenster, in dem ein Licht brannte.

Anstatt ins Büro ging Ly die Straße Richtung Bahnhof hinunter. Lan würde frühestens in einer halben Stunde da sein, und er brauchte dringend etwas zu essen. In den Rinnsteinen lagen von der Neujahrsnacht noch die Papprohre der Konfettikanonen. Die roten Spruchbanner zwischen den alten Pancovier-Bäumen flatterten im Wind. »*Mung dang – mung xuan*« – Gefeiert sei die Partei, gefeiert sei der Frühling. Seine Mutter gehörte noch der Generation an, die davon überzeugt war, dass sie alles Gute der Partei verdankte. Und dass man der sozialistischen Gemeinschaft alles schuldete. Sie sagte immer, sogar den Mond dürfe man nicht alleine genießen, sondern nur gemeinsam. Ly dagegen ärgerte sich über diese Parole. Wieso musste sich die Partei immer zuerst nennen, sogar vor dem Frühling?

Vor dem aufgezogenen Ladengitter eines *com binh dan*, einer Volksreisküche mit einfachen Gerichten, in dem Ly hin und wieder zu Mittag aß, blieb er stehen.

Obwohl die roten Plastikstühle und Tische gestapelt in einer Ecke standen, winkte die Ladenbesitzerin ihn herein. Sie sagte, sie habe noch Reis mit geschmortem Schweinefleisch und Eiern in Kokossoße. Sie könne ihm schnell eine Portion warm machen. Obwohl Ly mehr Appetit auf ein Steak hatte, nickte er, nahm sich einen der Hocker vom Stapel und setzte sich.

Auf dem Sofa im hinteren Teil des Raumes lag ein Junge und kritzelte in einem Schulheft herum. Im Fernseher liefen die Nachrichten auf VTV1.

Über *Tet* war es, so der Nachrichtensprecher, vermehrt zu Verkehrsunfällen gekommen. Allein in den vergangenen drei Tagen hatte es landesweit 130 Tote und 210 Verletzte gegeben. Hauptursache seien hoher Alkoholkonsum und nicht eingehaltene Tempolimits gewesen.

In der nördlichen Provinz Phu Tho waren zwei Hundediebe von aufgebrachten Dorfbewohnern zu Tode geprügelt worden. Die Dorfbewohner hatten ausgesagt, die Hunde, die sie für Restaurants züchteten, sicherten ihren Lebensunterhalt, und dass sie sich nur selbst verteidigt hätten, da die Polizei bei früheren Hundediebstählen nichts unternommen habe. Damit erhöhte sich die Zahl der Hundediebe, die in den letzten zwölf Monaten in Vietnam durch Selbstjustiz ums Leben gekommen waren, auf einundzwanzig.

In Viet Hoa in der Provinz Bac Giang war der Vorsteher des örtlichen Volkskomitees einem Herzinfarkt erlegen, nachdem die Dorfältesten ihn über mehrere

Tage in der Dorfschule eingesperrt hatten. Sie hatten nach eigenen Aussagen erzwingen wollen, dass er sich gegen die geplanten Landenteignungen aussprach. »Nichts ist wertvoller als Freiheit und Unabhängigkeit. Wir sterben lieber, als dass wir unser Land wieder hergeben«, sagte einer der Dorfbewohner mit erhobener Faust in die Kamera. Dem Untertitel nach war er dreiundneunzig Jahre alt.

Die Garküchenbesitzerin stellte das Essen vor Ly auf den Tisch. Ly nickte dankend, ohne seinen Blick vom Fernseher abzuwenden. In der Küstenstadt Haiphong hatte die Polizei die Leiche eines seit Tagen vermissten siebzehnjährigen Mädchens gefunden. Sie war am Ufer des Cam-Flusses, der durch Haiphong floss, angespült worden. Ein Polizeibeamter erklärte, dass sie nach derzeitigem Stand der Ermittlung davon ausgingen, der Betreiber einer Schönheitsklinik habe sich ihrer nach einer missglückten Operation zum Zwecke einer Brustvergrößerung entledigt, indem er sie in den Fluss warf. Ob sie da noch gelebt hatte, müsse die Obduktion ergeben.

Ly zog die *Thang Long* aus seiner Tasche. Verdammt, was war eigentlich los in diesem Land?

☆

Als Ly ins Präsidium kam, war Lan noch nicht da. Er trug das alte Damenfahrrad, das in seinem Büro an der Wand lehnte, nach draußen und schob die Kabel von seinem Schreibtisch in eine leere Kiste. Er hatte gerade angefangen, die herumliegenden Aktenordner auf einen Haufen zu werfen, als er das Klacken von Lans Absätzen hörte. Ihren forschen Gang würde er überall erkennen.

Lan blieb im Türrahmen stehen und ließ ihren Blick durch den Raum schweifen. Unter dem offenen Daunenmantel trug sie ein enganliegendes rotes Wollkleid. Sie hatte etwas zugenommen, seit Ly sie zuletzt gesehen hatte. Er fand, es stand ihr.

»Meine Güte, wie sieht es denn hier aus?«, fragte sie ohne höfliche Umschweife.

»Da hat wohl jemand gedacht, ich komme nicht wieder«, sagte Ly mit einem Achselzucken.

Lan lachte hell auf. »Na dann«, sagte sie. »Dann wollen wir denen mal das Gegenteil beweisen.« Sie drehte sich auf den Absätzen um und ging in ihr ehemaliges Büro auf der gegenüberliegenden Seite des Gangs. Ly war erleichtert, sie so gut gelaunt zu sehen. Er trug noch die Kiste mit den Kabeln auf den Gang und ging dann auch rüber in ihr Büro.

Lan hatte die Klimaanlage auf die höchste Temperatur gestellt, so dass sie heiße Luft in den Raum pustete. Gleichzeitig hatte sie das Fenster einen Spalt geöffnet. Von draußen drang eine diffuse Geräuschkulisse herein. Hupen, quietschende Reifen und der Ruf der Frauen, die Altpapier, Metallschrott und Plastikmüll einsammelten, um dafür ein paar Dong von den Recyclinghändlern zu bekommen. Das Leben nahm langsam wieder seinen normalen Lauf. Die *Tet*-Tage waren so gut wie vorbei.

Während Lan den Computer hochfuhr, fasste Ly für sie die Details der Ermittlung zusammen. Er erzählte von der Toten auf der Baustelle, dem vergifteten Chinesen und dem Gemeindevorsteher im Schweinestall. Er erwähnte die Totenkränze, die bei allen Toten gefunden worden waren, seinen Besuch in Tien Cong und den enteigneten Bauern namens Bui Dai, über den Big Jim und der neue Gemeindevorsteher angeblich nichts wussten.

Lan hörte aufmerksam zu, ohne Ly zu unterbrechen. Als jedoch das Wort Enteignung fiel, sog sie die Luft ein. Ihre Wangen liefen rot an. Ly wusste schon, wie sehr dieses Thema sie aufregte. Auch ihr Elternhaus hatte im letzten Jahr einer Straße weichen müssen. Ihrer Familie war zwar ein neues Baugrundstück zugewiesen worden. Das Geld allerdings, um sich dort auch ein neues Haus zu bauen, hatten die Projektleiter, die für die Straßenplanung zuständig gewesen waren, eingesackt. Über Monate hatten Lan und ihre Familie versucht, vor Gericht eine Auszahlung ihrer Entschädigung zu erstreiten, die vollständige Summe hatten sie bis heute nicht erhalten.

»Es ist eine Katastrophe, die sich da anbahnt«, sagte Lan in einem für sie ungewöhnlich scharfen Tonfall. »Die da oben verschleudern einfach den öffentlichen Besitz. Was zählt, ist doch nur das Interesse der Investoren. Diese Immobilienentwickler wollen Bauland.

Und sie bekommen es. Immer.« Sie schnaubte. »Sozialismus, lächerlich. Von wegen, das Land gehört dem Volk. Es geht nur noch ums Geld. Klar, die Kader und diese Immobilienleute, die verdienen prächtig daran. Und wir? Uns wollen die mit ein paar Dollar abspeisen. Mit dem Marktwert hat das nichts zu tun. Und für die Bauern ist es am schlimmsten. Ihr Leben hängt doch an dem Land. Sie haben nichts anderes gelernt als Reisanbau.« Lan sprach schnell, ohne Punkt und Komma. Gleichzeitig hing ihr Blick auf dem Bildschirm des Computers, und ihre Finger fuhren flink über die Tastatur. »Denk bloß nicht, der Verlust ihrer Lebensgrundlage wird da irgendwie berücksichtigt. Sicher, manchmal werden ihnen Arbeitsplätze in Fabriken versprochen, und Umschulungen, aber das sind doch alles leere Versprechungen.«

Lan lehnte sich auf ihrem Drehstuhl zurück und gab einen langgezogenen Seufzer von sich, als habe das Reden sie erschöpft. Der Computer brummte laut. Es liefen mehrere Suchmaschinen gleichzeitig.

»Wer legt eigentlich die Höhe der Entschädigungszahlungen fest?«, fragte Ly.

»Für die Bauern? Die Dorfkader«, sagte Lan. »Und wie das abläuft, kannst du dir ja denken. Diese Bauleute schmieren sie dafür, dass sie die Preise niedrig halten.«

Wie sollte es auch anders sein, dachte Ly. Es basierte alles nur noch auf Korruption, das ganze verkorkste System. Er steckte sich eine *Thang Long* zwischen die

Lippen, ging im Zimmer auf und ab und versuchte sich vorzustellen, was in Tien Cong passiert war. Dieser Chinese Zhang war mit einem Batzen Geld zu den Kadern gegangen: Zu Tung, dem Gemeindevorsteher, der jetzt tot war. Und vielleicht auch zu Big Jim, der als Distriktvertreter noch mehr Einfluss hatte. Zhang hatte die beiden – und vermutlich auch noch andere – gut bezahlt. Und sich so die Möglichkeit erkauft, die Landnutzungsrechte zu erwerben. Die Kader hatten gleichzeitig dafür gesorgt, dass das Land geräumt wurde. Und zusätzlich hatte dieser Big Jim sich einen fetten Bauauftrag unter den Nagel gerissen.

»Ly, setz dich doch mal, dieses Rumgerenne macht mich ganz nervös«, sagte Lan, griff nach der Starbucks-Tüte, die sie mitgebracht hatte, und zog einen Schokoladen-Muffin heraus. »Willst du?« Sie hielt ihm den Muffin hin. »Zucker beruhigt.«

»Nein danke, da halte ich mich lieber an meine Zigaretten.« Ly mochte dieses süße Zeugs nicht.

Lan brach ein Stück von dem Muffin ab und steckte es sich in den Mund. »Die Suche in den Zeitungsarchiven ist jetzt durchgelaufen«, sagte sie und schüttelte den Kopf. »Da ist nichts über eine Enteignung in Tien Cong.«

»Das heißt ja noch nichts«, sagte Ly. Allzu oft wurde die Presse zum Stillschweigen verpflichtet. »Was ist mit Bui Dai. Irgendwas über ihn?«

»In den Melderegistern nicht. Ich lass jetzt die Suche durch die lokalen Polizeiarchive laufen. Aber das kann dauern. Ich kann dir aber schon mal die Einträge zu dieser Toten von der Baustelle ausdrucken«, sagte sie. Viel war es allerdings nicht: Nguyen Thi Thu, geboren in Hanoi, nie verheiratet gewesen, keine lebenden Geschwister, 1968 freiwillig zum Militärdienst gemeldet, eingesetzt als Funkerin in der Volksarmee, Division 312, Regiment 141.

Ly hatte sich hingesetzt und gerade eine neue Schachtel *Thang Long* aufgerissen, als Dang anrief. In der Wohnung der Toten von der Baustelle hatte er Geld gefunden. Die Frau hatte dasselbe Versteck wie alle alten Frauen benutzt, Lys Mutter eingeschlossen: einen Hohlraum unter einer losen Holzdiele. Es hatten jedoch nicht wie bei Lys Mutter ein paar goldene Armreifen und Ohrringe unter der Diele gelegen, sondern 420 Millionen Dong. Ly stieß die Luft durch die Zähne aus. Das waren fast 20000 US-Dollar, eine Menge Geld, mehr als die Frau von ihrem Gehalt als Grundschullehrerin jemals hätte zurücklegen können, und schon gar nicht von ihrer Pension, die kaum gereicht haben dürfte, um ihren Lebensunterhalt zu bestreiten.

Ly verschränkte die Hände im Nacken und schloss die Augen. Irgendetwas übersah er. Er musste unbedingt mit den Nachbarn der Toten sprechen. Sie waren derzeit sein einziger Anknüpfungspunkt. Wenn er rausfand, was die Frau von der Baustelle mit den beiden ermordeten Männern gemein hatte, wäre er dem Mörder sicherlich einen großen Schritt näher.

»Komm«, sagte Lan, und Ly spürte ihre Hand auf seiner. Sie fühlte sich warm und weich an. »Ich mach uns einen Kaffee.« Lan verschwand in der Küche am anderen Ende des Gangs und kam einige Minuten später mit zwei Tassen frischem Kaffee zurück. Sie reichte Ly eine Tasse. Während sie noch stand, war ihr Blick schon wieder auf den Computer gerichtet.

»Da! Da ist er!« Sie stellte ihre Tasse so hart auf dem Tisch ab, dass Kaffee überschwappte. »Wir haben ihn.« Ihr Zeigefinger fuhr über den Bildschirm. »Das muss er sein. Bui Dai. Geboren in Tien Cong.« Sie hielt kurz inne. Ly spürte die Aufregung, die ihn immer ergriff, wenn er kurz davor war, endlich eine Fährte zu haben. »Bui Dai«, sagte Lan und sah Ly an, »sitzt im Gefängnis. Verurteilt wegen Widerstand gegen die Staatsgewalt und versuchtem Mord.«

☆

Es war spät, als Ly das Präsidium verließ. Draußen nieselte es schon wieder. Dieses Jahr kam ihm der Winter besonders verregnet vor. Und kalt. Er zog sich die Kapuze seiner Jacke über den Kopf, zündete sich eine Zigarette an und machte sich zu Fuß auf den Weg nach Hause. Er hatte gehofft, Lan überreden zu können, ihm nicht nur dieses eine Mal auszuhelfen, sondern voll in die Ermittlung einzusteigen. Doch sie hatte ihm in einem Ton, der keinen Platz für Diskussionen ließ, erklärt, dass die Polizeiarbeit für sie beendet sei. Wenn es sein musste, würde sie von zu Hause aus das ein oder andere im Netz für ihn recherchieren. Doch mehr nicht.

Die wenigen Laternen, die um diese Uhrzeit noch brannten, warfen ein mattes, gelbliches Licht, in dem der feine Regen wie eine Sprühwolke hing. Die Silhouetten zweier Rucksackreisender, die vor Ly die Straße überquerten, ließen Ly an Schildkröten mit zu großen Panzern denken, die Gefahr liefen, nach hinten umzukippen. Unter dem Vordach der HSBC-Bank saßen zwei Männer, zwischen sich einen Metallkübel, in dem ein zerbrochener, weißlackierter Fensterrahmen brannte. Die Männer hielten die Hände über das Feuer. Eine Minsk fuhr vorbei, ihr Motor knatterte laut.

Ly ging in Gedanken noch einmal die Fakten durch, die Lan über diesen Bui Dai aus den Polizeiakten gezogen hatte.

Bui Dai war 1970 mit kaum fünfzehn Jahren zum Militär gegangen und hatte dann bis 1985 in der Vietnamesischen Volksarmee gedient. Für seinen Einsatz im Kampf gegen die Amerikaner war er mit dem Tapferkeitsorden ausgezeichnet worden. 1978 war er gegen die Chinesen eingesetzt worden und später noch einige Zeit in Kambodscha stationiert gewesen.

Nach seiner Militärzeit war er in sein Heimatdorf Tien Cong zurückgekehrt und hatte noch im selben Jahr geheiratet. Aus der Ehe waren zwei Kinder hervorgegangen, eine Tochter und ein Sohn. Das Mädchen war neun gewesen, der Junge vier, als Bui Dais

Frau 1995 starb. Sie war ertrunken. Mehr Details, als dass der Unfall sich in Tien Cong ereignet hatte, hatte Lan dazu allerdings nicht finden können.

Im Zuge der Entkollektivierung waren Bui Dai 1993 drei Hektar Land zugewiesen worden. Das Landnutzungsrecht für weitere sieben Hektar hatte er in den nachfolgenden Jahren dazugekauft. Für das Bauprojekt des Chinesen hatten seine gesamten zehn Hektar enteignet werden sollen. Die Männer, die die Landnahme durchführen sollten, hatte Bui Dai mit Schusswaffen empfangen. Zusätzlich hatte er auf seinem Land Minen vergraben. Sechs Polizisten waren verletzt worden, darunter der lokale Polizeichef von Tien Cong. Das musste dieser Manh sein, dachte Ly, den er bei dem Baugrundstück getroffen hatte.

Der Bauer Bui Dai war zu zehn Jahren wegen Widerstands gegen die Staatsgewalt und versuchten Mordes verurteilt worden. Sein Sohn hatte fünf Jahre wegen Beihilfe bekommen. Sie saßen in demselben Gefängnis ein – seit mittlerweile vier Jahren. Die Tochter war den Akteneinträgen nach zum Zeitpunkt der Tat nicht in Tien Cong gewesen. Wo sie sich aufgehalten hatte, war nicht vermerkt. Aus den Unterlagen ging allerdings hervor, dass sie ein halbes Jahr nachdem ihr Vater und der Bruder verurteilt worden waren, bei einem Verkehrsunfall ums Leben gekommen war.

Ly warf den Stummel seiner Zigarette auf den Boden und nahm sich sofort eine neue. Warum hatten ihm Herr Phu und Big Jim heute Morgen diesen Bui Dai so unbedingt verschweigen wollen? Und warum hatte dieser Polizeichef gesagt, es sei eine übliche Enteignung gewesen? Explodierende Minen waren ja wohl sogar für eine Landnahme recht ungewöhnlich. Morgen würde er als Allererstes diesem Bui Dai einen Besuch im Gefängnis abstatten.

Er war noch völlig in Gedanken versunken, als er aus dem Augenwinkel einen Mann wahrnahm, der vor ihm über den Gehweg lief. Ly erkannte ihn sofort. Es war der blinde Wahrsager, dem er schon früher mehrmals begegnet war. Der Mann behauptete, die Toten redeten mit ihm. Im Lichtkegel einer Straßenlaterne blieb er stehen und drehte sich zu Ly um. In der einen Hand hielt er glimmende Räucherstäbchen, in der anderen ein paar gekochte Hühnerfüße, deren weißes Fleisch fett glänzte.

»Herr Kommissar«, rief er.

Ly fuhr ein Schauder über den Rücken. Wie erkannte er ihn nur immer? Mit seinen farblosen Pupillen konnte er doch unmöglich sehen.

»Ich wünsche Ihnen ein frohes neues Jahr«, sagte der Blinde. Er zeigte in die Krone des Banyans, der zwischen zwei Häusern emporwuchs. Die Hühnerfüße, die er in der Hand hielt, schlackerten hin und her. »Da oben wohnt die kleine Ha«, sagte er. »Ich bringe ihr gerade etwas zu essen.«

Ly schaute in die Baumkrone, die im Nachtlicht wie eine pechschwarze Wolke über ihnen hing. Die Äste knirschten im Wind.

»Sie wurde von einem Auto überfahren«, sagte der Blinde. »Ihre Seele hat nicht mehr nach Hause gefunden. Das arme Ding kennt nicht mal seinen Nachnamen. Sie war erst vier.«

Ly seufzte leise, er ahnte, was jetzt kam.

»Suchen Sie doch mal in Ihren Akten. Ich würde ihr gerne helfen, nach Hause zu finden.«

Dem Blinden zu erklären, dass er bei der Mordkommission und nicht bei der Verkehrspolizei war, die mit etwas Glück einen Aktenvermerk über das Mädchen angelegt hatte, hatte sowieso keinen Sinn. Er würde nicht lockerlassen, bis er die Information bekam, die er wollte. »Ich erkundige mich«, versprach Ly, hob zum Gruß die Hand und ging. Nach ein paar Metern hielt er inne. Wenn er schon einmal da war, konnte er den Wahrsager auch bitten, ihm bei seiner Ermittlung zu helfen. Vielleicht konnte er Kontakt zu den Mordopfern aufnehmen. Auch wenn Ly nicht an Wahrsagerei glaubte, was hatte er zu verlieren?

Er drehte sich zu dem Blinden um. Aber der Mann war nicht mehr da. Ly sah die Straße hinunter, aber auch da konnte er ihn nirgends entdecken. Wie vom Erdboden verschluckt, dachte Ly. Nur die glimmenden Räucherstäbchen, die im Stamm des Banyans steckten, und die Hühnerfüße, die an einem kleinen Zweig hingen, verrieten, dass der blinde Wahrsager wirklich da gewesen war.

☆

Ly wollte nur noch schlafen. Er zog die Ladengitter hinter sich zu, schloss ab und ging nach oben in die Wohnung. Im Dunkeln tastete er sich zum Bett vor, als er eine Bewegung wahrnahm. Es war Thuy. Sie kam die Metallsprossen, die unterhalb der Dachluke in die Wand eingelassen waren, herunter.

»Du schläfst noch nicht?«, fragte Ly.

»Wir müssen reden«, sagte sie leise.

»Jetzt?«

»Jetzt.«

Ly seufzte und ließ sich auf die Bettkante sinken. Thuy setzte sich neben ihn. »Die Entscheidung mit Singapur ist mir nicht leichtgefallen«, sagte sie. »Aber ich habe mich entschieden.«

»Ich habe das schon verstanden. Du verdienst gut. Huong kann an einer guten Uni studieren.« Ly ärgerte sich über sich selbst. Am Morgen hatte er sich noch fest vorgenommen, Thuy zum Essen einzuladen. Sie zu überreden, bei ihm zu bleiben. Aber er brachte es nicht über sich, einen freundlicheren Ton anzuschlagen.

»Es geht nicht nur um das Geld. Es geht …« Thuy brach mitten im Satz ab.

Ly hörte sie atmen. Er wartete.

»Es geht auch um uns«, flüsterte sie. »Nach meinem Unfall dachte ich, wir schaffen das. Wir finden irgendwie wieder zusammen. Aber … mit deiner Suspendierung wurde es ja nur noch schlimmer. Du hattest plötzlich Zeit. Aber nicht für uns. Und schon gar nicht für mich.«

Ly merkte, wie sein Herzschlag schneller ging.

»Und du hast noch mehr getrunken als sonst«, schob sie hinterher.

»Jetzt arbeite ich ja wieder«, sagte er und hörte selbst, wie trotzig es klang. Er kam sich so hilflos vor.

»Eine Trennung wird uns guttun«, sagte sie. »Vielleicht siehst du dann ... sehen wir dann, was wir aneinander haben.«

»Oder auch nicht.« Er stand auf und nahm die Decke vom Bett. Er würde auf dem Boden schlafen.

»Ly, bitte«, sagte Thuy.

Ly hörte sie leise weinen. Er dachte, jetzt sollte er sie trösten. Sie an sich ziehen, fest drücken. Aber so gerne er sie auch in den Arm genommen hätte, er konnte nicht.

☆

Mitten in der Nacht schreckte Ly aus dem Schlaf. Er war schweißgebadet und vollkommen außer Atem. Er hatte schlecht geträumt, wie er es in letzter Zeit so oft tat. Er war auf dem Gleisgelände hinter dem Bahnhof gewesen, war gerannt und gerannt, hatte Deckung zwischen den Waggons gesucht, war weitergerannt. Dann fielen Schüsse.

Sonst wachte er immer auf, wenn die Schüsse fielen. Diesmal nicht. Plötzlich stand er in einem Reisfeld. Seine Füße und Beine versanken im Schlamm. Irgendwo hinter ihm brüllten Männer. Er wollte weg, kam aber nicht vorwärts, der Schlamm hielt ihn fest.

Steine flogen um seinen Kopf, eine Hand packte ihn, riss ihn hoch.

Wie er diese Träume hasste. Er zog sein T-Shirt hoch und wischte damit über sein verschwitztes Gesicht.

☆

Am nächsten Morgen hatte Thuy verweinte Augen. Sie sprach kein Wort mit Ly. Und Ly sagte auch nichts. Stattdessen rief er beim Fahrdienst an und bestellte einen Wagen, der ihn zum Gefängnis bringen sollte. Er wollte nicht die ganze Strecke mit der Vespa fahren. Der Fahrtwind würde die nasse Kälte noch unerträglicher machen, als sie sowieso schon war.

Während er telefonierte, sah Thuy ihn vorwurfsvoll an. Ly war das gerade alles zu viel. Sobald er aufgelegt hatte, nahm er seinen Kaffee, ging nach unten und setzte sich zu seiner Mutter. Doch auch sie empfing ihn gleich mit einem Vorwurf: »Was ist mit dir los? Wo warst du gestern?«

Ly legte seine Stirn in Falten. »Wo soll ich gewesen sein? Ich war arbeiten.«

»Die Ahnen«, sagte sie in scharfem Tonfall. »Du hast deine Ahnen vergessen.«

Ly fuhr sich mit der Hand über das Gesicht. Er wusste, wie wichtig es seiner Mutter war, dass er die Ahnen, die sie zu *Tet* eingeladen hatten, auch wieder verabschiedete. Es war seine Pflicht als ältester lebender Sohn. »Entschuldige«, sagte er und sah auf die

Uhr, der Wagen würde sicher noch einen Moment brauchen, bis er hier war. »Sollen wir sie jetzt verabschieden?«

»Ich habe es schon alleine gemacht. Ewig wollten sie hier auch nicht rumsitzen.« Sie stand schwerfällig auf und tappte mit kleinen Schritten in ihr Zimmer hinter dem quergestellten Schrank. Ly griff nach der Wasserpfeife, die an der Wand lehnte, stopfte sie mit einer Prise Tabak und drückte das Bambusrohr über den Mund, während er das Streichholz an den Tabak hielt. Es tat ihm leid, dass er seine Mutter enttäuscht hatte. Er inhalierte tief. Das Wasser blubberte im Rohr, und das Nikotin stieg ihm sofort in den Kopf. Das tat gut. Er schloss die Augen und hielt den Rauch lange in der Lunge.

☆

Die Fahrt zum Gefängnis, in dem Bui Dai und sein Sohn einsaßen, dauerte rund eine Stunde. Ly schlief, seine Nacht war kurz gewesen. Der Fahrer weckte ihn erst, als sie auf dem Gefängnisvorplatz hielten.

Ly blieb noch einen Moment sitzen, um zu sich zu kommen. Schließlich stieg er aus. Der Wind fegte ihm ins Gesicht. Er zog den Reißverschluss seiner Jacke hoch und legte den Kopf in den Nacken. Die hohe Backsteinmauer, die das Gefängnis umgab, war mit Stacheldrahtrollen gesichert. Auf den Überwachungskameras, die über dem Tor hingen, saßen Krähen. Die vietnamesische Flagge hing wie ein schwerer nasser

Lappen über dem Stahltor. Der diesig-graue Himmel ließ alles noch trostloser erscheinen.

Ly wollte gerade zum Eingang gehen, als eine kleine gebeugte Frau ihn von der Seite ansprach. Ihr Gesicht war runzelig, sie musste mindestens achtzig sein. In dem Korb, den sie bei sich trug, lagen Klebreiskuchen und Tütensuppen. Sicherlich wollte sie jemanden im Gefängnis besuchen. Sie legte ihre Hand auf Lys Arm. »Sie sind zum ersten Mal da, was? Das sehe ich an Ihrem Blick.«

Ly nickte, er wollte nicht sagen, dass er auf der anderen Seite stand. Dass er zu denen gehörte, die die Leute hinter diese Mauern brachten.

»Wenn ich Ihnen einen Rat geben darf«, sagte sie leise. »Seien Sie nicht geizig. Sie wollen doch, dass derjenige, den Sie da drinnen besuchen, noch ein bisschen überlebt. Die Wärter hier sind gnadenlos.«

»Danke«, sagte Ly und merkte, wie fahl seine Stimme war. Die Frau streichelte ihm mit der Hand über den Arm, nickte ihm aufmunternd zu und ging zum Tor. Ly wartete. Er wollte nicht, dass sie mitbekam, dass er sich bei dem Wachposten als Kriminalkommissar auswies. Er zündete sich eine Zigarette an, nahm einen Zug, ließ sie fallen und trat sie mit der Schuhspitze aus. Sie schmeckte ihm nicht.

Ein kleiner dicker Wärter führte Ly über einen leeren Drillplatz zu einer abseits gelegenen Baracke. Seine Oberschenkel waren so dick, dass er breitbeinig laufen musste, und der schwere Schlüsselbund an seinem Gürtel zog die Hose so weit runter, dass die Unterhose mit Superman-Motiv zum Vorschein kam.

Der Wärter ließ Ly in einem separaten Besuchsraum warten. In der Raummitte stand ein Tisch mit zwei Stühlen. Die Wände waren kahl, Putz lag in Brocken auf dem Boden. Das winzige Fenster war weit oben in die Wand eingelassen. Es war unmöglich hindurchzuschauen. Unter der Decke wuchs Schimmel. Es roch pilzig.

Der Besuchsraum ist auch nur eine weitere Gefängniszelle, dachte Ly und meinte die Kälte, die zwischen den Mauern hing, bis in seine Knochen zu spüren. Seine Beklemmung nahm noch zu, als die Tür hinter dem Wärter zufiel. Eilig nahm er sich eine Zigarette, rauchte und versuchte, sich seine Fragen zurechtzulegen, konnte aber keinen klaren Gedanken fassen. Er war froh, als sich die Tür endlich wieder öffnete.

Derselbe Wärter, der schon Ly hergebracht hatte, schob einen Mann in schwarz-weiß gestreifter Häftlingskleidung in den Raum. Er hatte ihn dabei so an den hinter dem Rücken gefesselten Armen gepackt, dass der Gefangene weit nach vorne gebeugt gehen musste.

»Bui Dai«, sagte der Wärter in einem militärischen Tonfall und ließ den Mann los. »Kontrolle!«

Der Gefangene stellte sich breitbeinig hin, den Rücken immer noch leicht gebeugt, das Gesicht zur Wand. Der Wärter tastete seine Kleidung ab, die Arme, die

Beine. »Das reicht ja wohl«, fuhr Ly dazwischen, als er dazu überging, den Schritt des Gefangenen abzutasten. Der Wärter drehte sich zu Ly um und sah ihn stumm an. Einen Moment schien er abzuwägen, welche Position er ihm gegenüber einnehmen konnte. Dann folgte er Lys Anweisung.

»Machen Sie die Handfesseln ab«, schob Ly in barschem Tonfall hinterher.

Der Wärter nahm die Ketten ab und verließ ohne ein weiteres Wort den Raum. Die Tür fiel mit einem lauten Schlag in die Angeln. Sie waren allein.

Ly machte einen Schritt auf Bui Dai zu und hielt ihm die *Thang Long* und ein Feuerzeug hin – mit zwei Händen, um ihm zu zeigen, dass er ihm Respekt entgegenbrachte.

Bui Dai rieb sich die Gelenke, ohne Ly anzusehen. Dann nahm er eine Zigarette. Als er den Rauch einsog, meinte Ly regelrecht sehen zu können, wie sein Körper sich langsam entspannte.

Bui Dai blies den Rauch aus und hob den Blick. Seine Augen lagen tief in den Höhlen, die Tränensäcke waren geschwollen, die Haut grau. Um seine rechte Schläfe herum hatten sich dunkle Hämatome gebildet, die Haut unter dem linken Auge war aufgeplatzt und verschorft. Der Mann musste vor nicht allzu langer Zeit heftige Schläge eingesteckt haben. Über sein Gesicht und den Hals zogen sich zudem Narben, die nach einer Verbrennung aussahen. Rote Narben, die sich scharf gegen seine ansonsten bleiche, fast durchsichtige Haut abhoben. Vielleicht von den Explosionen während der Landnahme, dachte Ly, auch wenn über Verletzungen Bui Dais nichts in den Prozessakten gestanden hatte. Nur die Verletzungen des Polizeichefs und fünf seiner Leute waren darin erwähnt gewesen.

Ly setzte sich und deutete Bui Dai, dies auch zu tun.

Bui Dai legte seine Hände vor sich auf den Tisch und starrte sie einen Moment an, als sähe er sie zum ersten Mal. Sie waren feuerrot, die Haut schälte sich. »Vom Erdnusspulen«, sagte er. »Vor *Tet* haben wir Sonderschichten geschoben. Fast rund um die Uhr.« Bui Dai hatte eine klare weiche Stimme. Ly hatte eine andere Stimme erwartet, rauer, älter.

»Ich bin Kommissar Pham Van Ly. Von der Hanoier Kriminalpolizei.« Ly ging nicht davon aus, dass der Wärter Bui Dai schon gesagt hatte, wer er war.

Bui Dai legte seinen Kopf schief und sah Ly leicht von unten an. Voller Misstrauen. »Ich bin schon verurteilt. Was wollen Sie noch von mir?«

»Ihre Hilfe«, sagte Ly.

Bui Dai lachte auf. Es klang bitter. »Sie wollen meine Hilfe? Spionage im Knast?« Er schüttelte den Kopf.

»Ich will wissen, was in Tien Cong passiert ist«, sagte Ly.

»Lesen Sie die Prozessakte.«

»Ich will Ihre Version hören.«

Bui Dai sah wieder auf seine Hände. »Warum sollte das jemanden wie Sie interessieren?«

Ly biss die Zähne aufeinander. Er war es gewohnt, dass er als Kommissar sofort in eine Schublade gesteckt wurde. Trotzdem ärgerte er sich immer wieder darüber. »Vielleicht haben die Dorfkader sich schuldig gemacht. Sie waren es doch, die Sie so weit getrieben haben. Oder nicht?«

»Warum soll ich mit Ihnen reden? Es ändert nichts.«

»Vielleicht doch ...«, setzte Ly an, unterbrach sich aber selbst. Vielleicht würde es ihn in seiner Ermittlung weiterbringen. Für den Mann, dem er hier gegenübersaß, würde es nichts ändern. Da hatte er recht. Er musste seine Strafe absitzen, genauso wie sein Sohn. Und wenn die beiden rauskamen, waren sie Exhäftlinge, ohne Land.

»Ich habe Ihnen nichts zu sagen.« Wut klang in Bui Dais Worten mit, und Gleichgültigkeit. Etwas, das für Ly nicht zusammenpasste.

Bui Dai drückte sich von seinem Stuhl hoch und rief nach dem Wärter.

Ly fuhr vor und fasste ihn am Arm. »Warten Sie. Es gibt doch sicher etwas, das Sie brauchen?«

Bui Dais Blick flackerte. Die Muskeln an seinem Hals verkrampften und ließen die Narben noch deutlicher hervortreten. Ly machte dem Wärter, der in der Tür erschienen war, ein Zeichen, er solle sich zurückziehen.

Bui Dai ließ sich wieder auf seinen Stuhl fallen, kniff die Augen zu Schlitzen zusammen und beugte sich vor. Sein Blick bekam etwas Lauerndes. Als er jetzt sprach, war seine Stimme brüchig. »Ja. Sie können etwas für mich tun.«

»Was?«, fragte Ly.

»Ich will zu meinem Sohn. Er liegt auf der Krankenstation.« Er hielt einen Moment inne, bevor er sehr leise hinzufügte: »HIV. Endstadium.«

Ly schluckte. Er spürte einen Kloß in seinem Hals. Aids war etwas, das ihm Angst machte. Nicht so sehr wegen ihm selbst. Aber seine Tochter, sie war manchmal so unbedarft. Und Bui Dais Sohn, verflucht, er war doch auch kaum älter als seine Tochter. »Man lässt Sie nicht zu ihm?«, fragte Ly und versuchte, sein Entsetzen, so gut es ging, zu verbergen.

»Er stirbt da, ganz alleine.« Bui Dai beugte sich jetzt so weit zu Ly vor, dass Ly seinen Atem spürte. »Es ist hier genau wie draußen«, sagte er. »Ohne Geld läuft nichts. Und ich habe kein Geld, das ich den Wärtern geben könnte. Ich habe nichts. Außer vielleicht meinen Körper, aber den wollen sie hier nicht mehr.« Bui Dai schnaubte durch die Nase und nahm sich noch eine Zigarette aus der Schachtel, die Ly auf den Tisch gelegt hatte. »Hier gibt es Jüngere. Hübsche Jungs. So wie meinen Sohn.«

Bei dem Gedanken, was dem Jungen hier drinnen angetan worden sein mochte, war Ly elend zumute. »Wurde er …«, Ly stockte. Er wollte es nicht einmal aussprechen. »Hat er sich so infiziert?«

»Vielleicht«, sagte Bui Dai. »Vielleicht waren es auch die Spritzen. Heroin. Ohne schafft es hier drinnen kaum einer. Schon gar nicht die Jungen. Da wird die Haftstrafe schnell zu einer Todesstrafe.«

Am liebsten wäre Ly aufgestanden. Raus, an die frische Luft. Aber er blieb sitzen und fragte sich, ob es ihm gelingen würde, Bui Dai zu seinem Sohn zu bringen oder nicht. Der Gefängnisleitung gegenüber hatte er keine Befugnisse. Gleichzeitig wollte der Gefängnisdirektor sicherlich keine laufende Mordermittlung behindern. Und notfalls würde Ly eben die Wärter schmieren. Irgendwie würde es schon funktionieren, dachte er und nickte.

»Sie müssen es versprechen«, sagte Bui Dai.

»Ich verspreche, dass ich Sie zu Ihrem Sohn bringe.«

Bui Dai lächelte. Um seinen Mund und die Augen legten sich feine Fältchen. Ly dachte, dass er früher sicher jemand gewesen war, der gerne gelacht hatte.

Bui Dai drückte seine Zigarette auf dem Tisch aus, fegte die Asche mit der Handkante auf den Boden und fing an zu erzählen: Er hatte wie die meisten Einwohner der Gemeinde Tien Cong von der Landwirtschaft gelebt, vor allem vom Reis- und Maisanbau. Außerdem hatte er in den Aufbau einer Karpfenzucht investiert. Seine Frau, die nicht hatte schwimmen können, war beim Füttern der Karpfen in einen der Teiche gerutscht und ertrunken. Die Kinder, die noch klein gewesen waren, hatte Bui Dai alleine großgezogen. Verwandtschaft, die hätte einspringen können, hatte er nicht.

Dann hatte er die Mitteilung erhalten, dass er sein Land mit sofortiger Wirkung zurückgeben müsse.

Und das, obwohl ihm erst kurz zuvor zugesagt worden war, dass seine Landnutzungsrechte automatisch verlängert werden würden.

»Es fing alles mit dieser Brücke an«, sagte Bui Dai. »Erst dachte ich, wenn sie bei uns die Brücke über den Roten Fluss bauen, ist das gut für uns. Dass wir unsere Produkte schneller nach Hanoi bringen können. Aber dann tauchte da dieser Chinese mit seinen Bauplänen auf.«

Für sein Bauvorhaben brauchte der Chinese Land. Und er sollte es bekommen. Bui Dai war nicht der einzige Bauer gewesen, der für das Wohnprojekt des Chinesen enteignet werden sollte. Zehn Familien waren betroffen. Anfangs trafen sie sich alle täglich vor der Pagode, um gegen die Enteignung zu protestieren. Oder um zumindest eine angemessene Entschädigungszahlung zu erstreiten. Sie hatten Trommeln geschlagen. Sie hatten mit Särgen die Dorfstraße versperrt. Einer hatte sogar die Idee gehabt, Pestizide zu trinken. Nicht so viel, dass sie starben, aber genug, um die Aufmerksamkeit der Medien auf sich zu ziehen. Letztendlich hatte sich dann aber niemand getraut.

Bui Dai hielt inne und schloss für eine Weile die Augen. Ly hatte das Gefühl, dass er ihm das alles nicht mehr nur erzählte, um zu seinem Sohn zu kommen, sondern auch, um es loszuwerden.

Bui Dai blies Rauchringe zur Decke, bevor er weitersprach. »Die anderen Familien haben irgendwann alle nachgegeben. Sie haben ihr Land hergegeben.«

»Warum die anderen und Sie nicht?«, fragte Ly.

»Bei denen ging es nicht um ihre Existenz, nur um einzelne Felder. Mir wollten sie alles nehmen. Mein ganzes Land, die Teiche, sogar mein Haus sollte weg. Und die Entschädigung, die sie mir zahlen wollten, hätte gerade mal für mein Grab gereicht. Wir hätten nichts mehr gehabt. Nichts. Verstehen Sie?«

Ly nickte.

»Ich habe Klage gegen die Enteignung eingereicht. Ich dachte, ich würde zumindest vor Gericht zu meinem Recht kommen. Aber das Gericht hat meine Klage nicht mal zugelassen«, sagte Bui Dai. Als er sich auch danach weiterhin weigerte, sein Land zu verlassen, war sein Wasserbüffel vergiftet worden. Kurz darauf war über Tage hinweg immer wieder die Wasserzufuhr für die Fischteiche sabotiert worden, Dutzende Karpfen verendeten. Bui Dais Tochter wurde zwei Tage auf der Polizeiwache festgehalten. »Ich weiß nicht, was die ihr da angetan haben … aber …« Bui Dai ballte die Hände zu Fäusten. Auf seiner Stirn standen Schweißperlen. »Sie hat danach nur gesagt, ich dürfe nicht nachgeben. Jetzt schon gar nicht.« Bui Dai wischte sich mit dem Ärmel seines Hemdes über die Augen.

»Wo war Ihre Tochter während der Enteignung?«, fragte Ly.

»Das tut nichts mehr zur Sache. Sie ist tot. Ein Busunfall. Aber das war später. Nachdem das alles passiert war. Als sie starb, saßen mein Sohn und ich schon ein. Wir durften nicht einmal zu ihrer Beerdigung.«

Ly atmete tief durch. Bui Dai hatte das Leben von Menschen aufs Spiel gesetzt, etwas, was Ly normalerweise verabscheute. Doch Ly konnte ihm gegenüber nur Mitleid empfinden, und Mitgefühl.

»Wieso haben Sie die Minen vergraben? Und auch noch geschossen? Ihnen muss doch klar gewesen sein, dass Sie keine Chance hatten.«

»Ich wusste nicht weiter. Ich wusste einfach nicht weiter.« Bui Dai senkte den Blick. »Ich wollte niemanden umbringen. Ich wollte sie einfach nur wegjagen von meinem Land.« Bui Dai nahm die letzte Zigarette und zerdrückte die leere Schachtel in seiner Faust. Er drückte so fest zu, dass die Haut um seine Knöchel weiß wurde. Ly holte eine neue Packung aus seiner Jackentasche. Sie rauchten und sagten eine Weile nichts.

Ly wollte ihn fragen, wieso im Dorf niemand über ihn und die Enteignung sprechen wollte. Aber er kannte die Antwort letztendlich schon. Man hatte Bui Dai von seinem Land gezwungen, ohne angemessene Entschädigung und ohne ein Gerichtsverfahren zuzulassen. Man hatte ihn und seine Familie bedroht. Und mit ziemlicher Sicherheit war Korruption im Spiel gewesen. Es gab auf jeden Fall genug, was man vor einem Kriminalkommissar aus der Hauptstadt besser verbergen sollte.

Diese Dorfkader mochten lange geglaubt haben, dass sie über dem Gesetz standen. Aber in letzter Zeit waren nicht einmal die höchsten Funktionäre immer immun gegen Strafverfolgung. Im Dezember erst war der Chef der staatlichen Schifffahrtsgesellschaft, ein Mann mit Beziehungen in die höchsten Kreise, wegen Veruntreuung öffentlicher Gelder zum Tode verurteilt worden. Der Prozess hatte großes Aufsehen erregt, nicht zuletzt, weil der Angeklagte ausgesagt hatte, einem hohen Parteifunktionär des Ministeriums für öffentliche Sicherheit 510 000 US-Dollar gezahlt zu haben, um seiner Verhaftung zu entgehen.

»Ich war in Tien Cong«, brach Ly die Stille.

»Waren Sie?«, fragte Bui Dai. »Und, wie sieht es da jetzt aus? Villen? Hübsche Gärtchen?«

Ly dachte an das asphaltierte Brachland hinter dem Bauzaun und schüttelte den Kopf. »Die Brücke über den Roten Fluss wird nicht gebaut. Das Bauprojekt des Chinesen ist gestoppt.«

Plötzlich lag um Bui Dais Mund ein Lächeln, und er schloss wieder die Augen. Ly dachte schon fast, er sei eingeschlafen, als er fragte: »Worum geht es hier eigentlich? Wieso sind Sie hier?«

»Zhang, der Chinese, ist tot. Ebenso Tung, der Gemeindevorsteher von Tien Cong. Beide sind ermordet worden.«

Bui Dai sah Ly einen Moment ungläubig an, dann lachte er laut auf. »Und jetzt glauben Sie, dass ich hinter den Morden stecke?«

»Rache ist ein gutes Motiv«, sagte Ly.

»Ganz sicher«, sagte Bui Dai. »Und mir würden da gleich noch ein paar Männer einfallen, die auch dran glauben müssten.«

»Zum Beispiel?«

»Manh. Der Polizeichef von Tien Cong. Er war es, der meine Tochter auf die Wache geholt hat.«

Das war der feiste Kerl, den er draußen auf dem Bauland getroffen hatte, dachte Ly. »Ist Manh nicht nur ein Handlanger von Big Jim?«

»Big Jim. Ihn kennen Sie also auch schon«, sagte Bui Dai.

»Wäre Big Jim auch eines Ihrer Mordopfer?«

Bui Dai stützte sich auf seine Unterarme und beugte sich zu Ly vor. »Hören Sie, was soll das? Auftragsmorde sind teuer. Das Geld habe ich leider nicht.«

Ly legte das Foto von der Toten von der Baustelle auf den Tisch. »Sie ist auch tot. Sie ist in der Neujahrsnacht gestorben. Verblutet. Kennen Sie sie?«

Bui Dai sah auf das Bild und schüttelte den Kopf. Ly war sich nicht ganz sicher, ob er es überhaupt wahrgenommen hatte. Er schien mit einem Mal weit weg. Ohne Ly anzusehen, fragte er: »Kann ich jetzt zu meinem Jungen?«

☆

Das Gespräch mit dem Gefängnisdirektor verlief zäher, als Ly erwartet hatte. Schließlich setzte Ly aber durch, dass er mit Bui Dai zu dessen Sohn auf die Krankenstation gehen durfte. Und auch, dass Bui Dai bis auf weiteres von der Arbeit freigestellt wurde, um bei dem Jungen zu bleiben.

☆

Das Gefängnistor fuhr mit lautem Surren hinter Ly zu. Er beugte sich vor, die Hände auf die Knie gestützt, und atmete tief durch. Wozu bloß legten sie den Jungen in Ketten? Er lag im Sterben. Ly schnaufte und zitterte vor Wut. Er zündete sich eine Zigarette an, aber auch der Rauch in seinen Lungen beruhigte ihn nicht. Der Fahrer, der mit dem Dienstwagen etwas abseits hinter einem Müllcontainer stand, ließ die Fernlichter aufblinken. Ly gab ihm mit einem Zeichen zu verstehen, dass er noch einen Moment brauchte. Er rauchte zu Ende und ließ sich über die Auskunft mit Manh, dem Polizeichef von Tien Cong, verbinden.

»Hallo?«, meldete sich eine barsche Stimme.

»Kommissar Pham Van Ly hier. Ich habe gerade Bui Dai im Gefängnis besucht.«

Manhs Antwort war ein unwirsches Brummen.

»Wieso haben Sie nichts von der Enteignung erzählt?«, fragte Ly.

»Warum hätte ich das tun sollen? Das war eine Dorfangelegenheit. Das geht Sie gar nichts an.«

»Das ist eine Mordermittlung. Und alle Spuren führen zu diesem Land.«

»Ach lassen Sie mich doch in Ruhe. Dieser Irre hat uns alle beschossen. Er hat mein Bein zertrümmert.«

»Bui Dai hat versucht sein Land zu verteidigen.«

»Der Mann hat die nationale Sicherheit untergraben. Da habe ich klare Anweisungen.«

»Von wem? Big Jim?«

»Was wollen Sie mir eigentlich vorwerfen?«

»Zum Beispiel, dass Sie ein junges Mädchen ohne Grund auf der Wache festgehalten haben.«

»Sie meinen Bui Dais Tochter? Die Kleine war ein Biest. Sie hat … ach, das geht Sie nun wirklich nichts an.«

»Warum mussten der Chinese und Ihr Gemeindevorsteher sterben? Wussten sie zu viel? Wollten sie bei den miesen korrupten Geschäften nicht mehr mitmachen?«

Manh lachte auf. »Korrupte Geschäfte durch Mord vertuschen. Wozu? Das ganze Land ist korrupt. Na und?«

Ly konnte diesen Manh regelrecht vor sich sehen, die Jacke, die über seinem Bauch spannte, den speckigen Hals, den roten Kopf. »Was haben deine Ahnen nur für Scheiße gefressen, einen wie dich gezeugt zu haben«, schimpfte Ly durch zusammengebissene Zähne.

»Was sagen Sie?«

»Wissen Sie, was ich glaube«, sagte Ly. »Sie wurden dafür bezahlt, das Land zu räumen. Egal mit welchen Mitteln. Vielleicht waren Sie sogar Handlanger für die Morde.«

»Sie spinnen ja!«, schrie Manh, dann klackte es in der Leitung. Manh hatte aufgelegt. Ly fluchte und trat gegen einen Stein, der im hohen Bogen über den Vorplatz flog. Er durchsuchte seine Jackentasche nach der Visitenkarte von Big Jim. Dann würde er eben gleich mit diesem Bauunternehmer über die Enteignung sprechen. Aber Big Jims Mobiltelefon war ausgestellt. Und in seinem Büro nahm nur eine Sekretärin ab, die sagte, ihr Chef sei in Saigon und werde erst morgen früh wieder in Hanoi erwartet.

Eine Weile blieb Ly noch draußen stehen und hielt das Gesicht in den Wind. Dann ging er zum Wagen hinüber, setzte sich auf die Rückbank und schlug die Tür hinter sich zu.

☆

Ly ließ sich vom Fahrer des Dienstwagens zu Hause absetzen. Seine Mutter saß hinter ihrem Verkaufstisch. Ihr Kinn war auf die Brust gesackt. Sie war eingeschlafen. Leise ging Ly nach hinten in den Hof. Er wollte jetzt nur noch duschen. Er hatte das Gefühl, der Geruch von Knast hatte sich in jeder einzelnen seiner Poren festgesetzt.

Im Hof schleuderte die Waschmaschine mit einem Scheppern. Die Maschine würde auch bald den Geist aufgeben, dachte er. Vielleicht war es wirklich keine so schlechte Idee, dass Thuy in Singapur mal vernünftig Geld verdiente.

Auf dem Boden der Duschkabine stand eine Schale mit einem frisch ausgenommenen Graskarpfen. Das Blut lief in kleinen Rinnsalen über die Bodenfliesen. »Verflucht. Kann in diesem Haus niemand mal seinen Mist wegräumen«, schimpfte Ly und hob die Schüssel aus der Dusche. Dann zerrte er die Falttür hinter sich zu und zog sich aus. Das Wasser stellte er so heiß, dass es auf dem Rücken brannte. Schnell vernebelte der Dampf alles und hüllte Ly ein. Er schloss die Augen und ließ sich das Wasser über das Gesicht laufen. In was für einem Land lebten sie eigentlich, dass ein Bauer so weit getrieben wurde, sein Recht auf Land mit Waffen zu verteidigen?

Ly prustete. Das Wasser war kalt geworden. Er schlug gegen den Boiler, der unter der Decke hing. Kurz darauf dampfte es wieder. Er ließ sich sein Gespräch im Gefängnis noch einmal durch den Kopf gehen. Er würde es Bui Dai zutrauen, die Morde in Auftrag gegeben zu haben. Er hatte schon einmal Menschen mit Waffen angegriffen. Und seine Wut auf die Drahtzieher hinter der Landenteignung war groß genug. Trotzdem schob Ly den Gedanken beiseite. Der Mann hatte kein Geld. Und wenn er es doch gehabt hätte, hätte er es ausgegeben, um die Wärter zu bestechen, ihn zu seinem Sohn zu lassen. Da war Ly sich sicher. Er musste den Mörder oder die Mörder woanders suchen. Wer profitierte vom Tod der beiden Männer? Und wo war die Verbindung zu der Toten von der Baustelle?

Ly stellte die Dusche erst aus, als seine Haut schon ganz aufgeweicht war. Er trocknete sich ab, schlang sich das Handtuch um den Bauch und ging nach oben, um sich etwas Frisches anzuziehen.

Thuy kniete auf dem Boden und bügelte auf einem ausgebreiteten Handtuch das gelbe Kleid, dass Ly ihr vor Jahren geschenkt hatte. Auf dem Bett lagen Stapel mit Hosen, Blusen und T-Shirts. Alles fein säuberlich zusammengelegt. Duc dribbelte mit seinem Fußball durchs Zimmer. Im Fernsehen lief eine Wiederholung der Neujahrssatire »Treffen am Jahresende«. Die Küchengötter erstatteten dem Jadekaiser ihren jährlichen Bericht und plauderten über nationale Angelegenheiten: Korruption, staatliche Misswirtschaft ... In diesem Jahr hatte das Kulturministerium die Zentrale Propaganda-Abteilung angewiesen, die Show im Vorfeld zu kontrollieren. Ly hatte die Sendung verpasst, hatte aber gehört, dass sie weniger scharfzüngig gewesen sein sollte als in den Jahren zuvor.

»Hallo, Papa«, sagte Huong, die in der Tür saß und Reis in den Reiskocher schaufelte.

»Ly, na endlich«, sagte Thuy, ohne aufzusehen. »Du musst dich um deinen Sohn kümmern.«

Ly presste die Lippen aufeinander. So nicht, dachte er. Seine Frau konnte ihn ja nicht einmal mehr richtig grüßen. »Ich hab jetzt keine Zeit«, murmelte er.

»Ich muss in Ruhe packen.«

»Später vielleicht«, sagte Ly.

Thuy knallte das Bügeleisen auf den Boden. »Später, später, das sagst du immer. Kümmere dich jetzt um Duc. Ich komm hier zu nichts.«

»Ich mache was mit Duc«, rief Huong aus der Küche.

Duc riss den Kopf herum. »Echt jetzt?« Er klang misstrauisch. Huong verbrachte nicht oft Zeit mit ihrem Bruder, schon gar nicht freiwillig.

»Klar. Warum nicht?«

Duc sprang auf das Bett und hüpfte darauf herum. »Super! Was machen wir?«

»Pass auf, die Wäsche«, schrie Thuy, fuhr hoch und griff sich den Stapel Blusen.

»Geht doch Schlittschuhlaufen«, schlug Ly vor. Seit einem Jahr hatte Hanoi eine Eisbahn. Sie befand sich in der Mall der Royal City, dem Wohnkomplex, in der auch dieser Toilettenimporteur Vo Vinh wohnte, der das Bauland in Tien Cong gekauft hatte. Mit ihm wollte Ly sowieso sprechen. Er könnte mit seinen Kindern zusammen rausfahren.

»Das ist viel zu teuer«, sagte Thuy.

»Du verdienst ja bald gut«, konterte Ly und schielte zum Fernseher. »Was biegt sich sanft?«, fragte einer der Küchengötter. »Eine neugebaute Straße!«, riet der Jadekaiser. Ly musste auflachen und erntete dafür einen bösen Blick von seiner Frau. Der Jadekaiser spielte auf Hanois Straßenführung an, die Gerüchten zufolge so angepasst worden war, dass die Straßen an den Haustüren wichtiger Kader vorbeiführten.

Ohne ein weiteres Wort mit Thuy zu wechseln, zog Ly sich an.

☆

Die Royal City war der wohl modernste Wohnkomplex der Stadt – mit eigenem Krankenhaus, Schule, Spaßbad, Kinos, Tennisplätzen, Restaurants, Shopping Mall … und der Eisbahn. Es hieß, der vietnamesische Investor sei der erste Dollar-Milliardär des Landes. Seine erste Million hatte er angeblich in der Ukraine mit der Produktion von Instantnudeln gemacht. In Vietnam trat er vor allem als Immobilien-Investor auf. Gerüchte sagten ihm Verbindungen zur russischen Mafia nach.

Die vier weißen Appartementtürme der Royal City waren nicht zu übersehen, den Eingang markierte ein großer Triumphbogen, wie man ihn von Fotos aus Paris kannte. Protzig und überdimensioniert – trotzdem hätte Ly die Zufahrt fast verpasst. Im letzten Moment zog er seine Vespa hinter Huongs Honda auf die rechte Spur. Sonst hätte er wegen des neumodischen begrünten Mittelstreifens über Kilometer nicht wenden können.

Vor der Einfahrt zur Tiefgarage bremste Huong scharf und klappte ihr Visier hoch. »Da komme ich nie runter«, rief sie. Die Zufahrt war extrem steil.

»Das schaffst du«, sagte Ly. Doch Huong stieg ab und schob, die Finger auf der Handbremse. Ly rollte langsam neben ihr die Zufahrt hinunter, wobei Duc immer weiter aufrutschte und gegen Lys Rücken drückte. Sie mussten bis ins dritte Tiefgeschoss. Die Motorräder standen dicht an dicht. Es mussten Tausende sein. »Merkt euch bloß die Platznummer«, sagte Ly. »Sonst findet ihr die Honda nachher nicht wieder.«

Sie gingen noch ein Stück zusammen durch die Mall. Menschenmassen schoben sich durch die fensterlosen

Gänge. Fast ausschließlich Schaulustige, dachte Ly. Ein Blick auf ihre Synthetik-Kleidung und die Plastiklatschen reichte ihm, um zu wissen, dass sie sich die internationalen Markenwaren, die hier verkauft wurden, nicht leisten konnten. Ly gab Huong Geld und bat sie, gut auf Duc aufzupassen. Dann suchte er den Aufzug zum Appartementblock B.

☆

Eine junge Frau in einem grünen Strickkleid öffnete Ly die Tür. Sie war dezent geschminkt, die Haare hatte sie zu einem Pferdeschwanz gebunden. Ihre fast schwarzen Augen waren auffallend rund und ihre Nase ungewöhnlich lang für eine Vietnamesin. Ly stellte sich vor und sagte, er würde gerne mit Herrn Vo Vinh sprechen.

»Kommen Sie doch bitte herein. Ich bin Frau Mai. Mein Mann ist im Wohnzimmer.« Ihre tiefe raue Stimme passte nicht recht zu ihrem zarten Äußeren. Sie trat beiseite, so dass Ly eintreten konnte.

Das Zimmer, in das sie ihn führte, war im westlichen Stil eingerichtet. Mit Esstisch und hohen Stühlen. Auf dem Tisch lag eine geblümte Decke, darauf stand eine Vase mit roten Gladiolen. Auf dem Sofa lag eine Perserkatze und schlief. Die Gardinen vor den bodentiefen Fenstern waren weit aufgezogen. Zweiunddreißig Etagen unter ihnen lag Hanoi. Ein Meer aus roten Ziegeldächern, Straßen und Baukränen. Ly spürte, wie seine Knie weich wurden. Er hatte Höhen noch nie gut ertragen.

Vo Vinh saß in einem dunkelgrünen Ohrensessel. Er musste um einiges älter sein als seine Frau, die höchstens Ende zwanzig war. Silberne Strähnen zogen sich durch seine schwarzen Haare. Seine Hände zitterten stark, Ly tippte auf Parkinson – auch wegen seiner starren Gesichtszüge.

»Das ist Kommissar Pham Van Ly von der Kriminalpolizei«, sagte Frau Mai, die neben ihren Mann getreten war und ihm eine Hand auf die Schulter legte. Ihre eben noch raue Stimme hatte mit einem Mal etwas Weiches.

Vo Vinh tätschelte die Hand seiner Frau. »Setzen Sie sich doch bitte«, sagte er zu Ly.

Ly zog sich einen Stuhl heran und setzte sich so, dass er den Abgrund hinter dem Fenster nicht sehen musste. Frau Mai entzog ihrem Mann die Hand und verschwand in der Küche. Ly hörte Geschirr klappern. Die Katze war aufgewacht und sprang auf Vo Vinhs Schoss. Er kraulte ihr den Bauch. »Kommissar, wie kann ich Ihnen behilflich sein?«, fragte er. Ly störte die Vertraulichkeit, die Vo Vinh dabei in seine Stimme legte.

»Es geht um das Land, das Sie in Tien Cong gekauft haben«, sagte Ly.

»Gibt es ein Problem damit?«

»Ja, es gibt ein Problem damit.« Ly versuchte ruhig zu sprechen, was ihm nicht ganz gelang. Er hatte das

Bild des sterbenden Jungen im Gefängnis vor Augen. Und seine Wut wurde durch das Heimelige, das diese Wohnung ausstrahlte, nur noch mehr angeheizt. Verfluchte Spekulanten. Das war es doch, was dieser Vo Vinh war. Saß hier, tätschelte seine Frau und streichelte seine Katze, während der Mann, dessen Land er gekauft hatte, alles verloren hatte.

Vo Vinh atmete laut aus, eindeutig irritiert.

»Wissen Sie eigentlich, wie wichtig Agrarland ist?«, fragte Ly, der seine Wut jetzt nicht einmal mehr versuchte zu verbergen. »Und Sie lassen Ihr Land brach liegen. Die Felder sind zerstört. Die Baugruben stehen voll Wasser. Wenn Sie nicht alles eingezäunt hätten, könnten die Bauern zumindest Gemüse anbauen.«

»Wir haben den Kaufvertrag erst vor vier Wochen unterschrieben«, sagte Vo Vinh.

»Was wollen Sie mit dem Land?«

»Wir wollen dort ein Kinderheim bauen.«

»Ein was? Ein Kinderheim?« Jetzt war es Ly, der irritiert war. Wozu wollte dieser Mann in Tien Cong ein Kinderheim bauen?

»Es ist ein Traum meiner Frau«, sagte Vo Vinh. »Sie ist selbst in einer Pagode aufgewachsen. In der Obhut von Nonnen. Ihr Vater ist bei einem Verkehrsunfall umgekommen, da war sie sechs. Ihre Mutter ist bei ihrer Geburt gestorben.«

»Und wieso unterstützen Sie nicht einfach die Pagode, in der Ihre Frau aufgewachsen ist?« Ly traute dem Engagement nicht. Wenn jemand Waisen helfen wollte, gab er Geld an eine der Pagoden, die sich der Waisenkinder annahmen. So war es üblich.

»Weil es die Pagode nicht mehr gibt«, sagte Frau Mai, die hinter Ly ins Wohnzimmer getreten war, ohne dass Ly es bemerkt hatte. Sie reichte ihm eine Kaffeetasse. »Die Pagode ist abgebrannt und nicht wieder aufgebaut worden.«

»Ein Kinderheim zu unterhalten ist teuer«, sagte Ly.

»Mein Mann hat viele Jahre gut verdient. Sehr gut«, sagte Frau Mai und lächelte.

Vo Vinh nickte. »Ich habe Toiletten importiert. Teure Porzellantoiletten aus Italien, billige Plastikklosetts aus China, das ganze Spektrum. Die Nachfrage ist groß. Nicht mal in den Dörfern will noch jemand ein Plumpsklo benutzen.«

Vo Vinh lief Speichel aus den Mundwinkeln. Frau Mai tupfte den Mund ihres Mannes mit einem Taschentuch ab, während sie gleichzeitig Ly das Gesicht zugewandt hatte und ihn durchdringend ansah. »Kommissar«, sagte sie. »Ich verstehe nicht – wieso interessieren Sie sich so sehr für unser Grundstück? Wir haben einen Vertrag über das Land. Alle Steuern sind ausgewiesen.«

Ly trank von seinem Kaffee. Gerne hätte er eine Zigarette geraucht, sah aber nirgends einen Aschenbecher und wollte auch nicht fragen.

»Warum mich das interessiert?«, wiederholte Ly ihre Frage und betrachtete die Frau. War sie wirklich so ahnungslos, wie sie tat? Ja, dachte er, vermutlich war sie auch nur eine dieser hübschen jungen Ehefrauen, die gut vom Geld ihrer reichen Männer lebten und ansonsten von nichts etwas mitbekamen. »Ich ermittle in mehreren Mordfällen«, sagte er. »Der Chinese, der vor Ihnen die Nutzungsrechte für das Land in Tien Cong hatte, ist eines der Opfer.«

Frau Mai schlug sich die Hand vor den Mund und sah Ly aus aufgerissenen Augen an. Aus dem Gesicht ihres Mannes war alle Farbe gewichen. »Zhang?«, fragte er.

»Genau der. Was wissen Sie über ihn?«

»Ich habe ihn nur das eine Mal getroffen. Bei der Vertragsunterzeichnung«, sagte Vo Vinh.

»Die anderen Opfer sind der Gemeindevorsteher von Tien Cong und diese Frau hier.« Ly reichte den beiden das Foto der Toten von der Baustelle. »Kennen Sie sie?«

Vo Vinh und seine Frau sahen sich das Bild aufmerksam an, für einen Moment war nur das Schnurren der Katze zu hören.

»Ich habe sie nie gesehen«, sagte Vo Vinh. Auch Frau Mai verneinte. Sie hatte jetzt ihre Arme um sich geschlungen und rieb sich mit den Handflächen über die Ellenbogen.

»Wir kennen von den dreien nur den Chinesen«, schob Vo Vinh hinterher.

»Den Gemeindevorsteher von Tien Cong kannten Sie nicht?«

»Wir waren nie im Dorf. Wir haben das Land über ein Internet-Inserat gefunden«, sagte Frau Mai.

»Das ist doch seltsam«, sagte Ly. »Sie kaufen ein riesiges Stück Land, nicht weit von Hanoi, und schauen es sich nicht einmal an?«

»Bei allem Respekt, Herr Kommissar. Sie sehen doch, wie es mir geht.« Vo Vinhs Tonfall war ruhig, aber Ly entging nicht die unterdrückte Wut, die jetzt in der Stimme des Mannes lag.

Ly seufzte und stand auf. Er hatte das Gefühl, die Hälfte dessen, was er eigentlich hatte fragen wollen, vergessen zu haben. Aber ihm fiel jetzt nichts weiter ein. Er war schon an der Tür, als er sich noch einmal umdrehte. Eines musste er noch loswerden. »Wissen Sie eigentlich, was mit dem Mann passiert ist, dem das Land gehört hat?«

»Ich denke, er ist tot«, sagte Vo Vinh.

»Nicht der Chinese. Ich rede von dem Bauern, dem sein Land gestohlen worden ist. Land, das jetzt Ihnen gehört.«

»Nein, weiß ich nicht«, sagte Vo Vinh gereizt.

»Er sitzt im Gefängnis. Er und sein Sohn. Weil Sie verflucht noch mal ihr Land behalten wollten.«

Ly ging zum Fahrstuhl. Kurz überlegte er, bei der Eisbahn vorbeizuschauen, drückte dann aber doch den Knopf zur Tiefgarage. Er holte seine Vespa und fuhr Richtung Innenstadt. An einer roten Ampel schaute er auf sein Telefon. Dang hatte eine SMS geschickt.

»Karaokebar: nichts Interessantes. Keine Spuren vom Rattengift Dushuqiang.«

Ly versuchte noch einmal, Big Jim mobil zu erreichen. Doch der Bauunternehmer hatte sein Telefon noch immer ausgestellt. Ly war das sogar ganz recht. Ihm reichte es für heute. Er wollte jetzt nur noch ein Bier trinken und schlafen. Er fuhr zu Minh ins *bia hoi*, das heute den ersten Tag nach *Tet* wieder geöffnet hatte. Ly nahm sich Hocker und Tisch aus dem Innenraum und setzte sich etwas abseits unter den alten Mandelbaum. Obwohl es den ganzen Tag über kalt gewesen war, war es ein angenehm lauer Abend geworden. Der Verkehr bewegte sich im immer gleichen Rhythmus an Ly vorbei. Die Lichter glitzerten warm durch das Dunkel. Sein erstes Bier trank Ly in einem Zug aus. Minh brachte noch ein Bier, geschmorte Rippchen, Sülze mit Schweineohr und in Knoblauch gedünstete Kürbisblätter. Dann ging er wieder. Er kannte Ly gut genug, um zu wissen, dass er jetzt alleine sein wollte.

Ly lehnte seinen Rücken gegen den Baumstamm. Die Augen halb geschlossen, ließ er seine Gedanken treiben. Es war einer dieser Tage, an denen er die Polizeiarbeit hasste. Der Besuch im Gefängnis hatte ihn mitgenommen. Er fragte sich, auf welcher Seite er eigentlich stand. Vielleicht sollte er einfach alles hinschmeißen und mit Thuy nach Singapur gehen. Obwohl er bezweifelte, dass Thuy ihn überhaupt dabeihaben wollte.

☆

Bui Dai hatte sich neben seinen Sohn ins Krankenbett gelegt. Der Junge schlief jetzt. Seine Atemzüge rasselten. Bui Dai kannte das Geräusch. Er wusste, lange würde es nicht mehr dauern. Der Gedanke an den Tod seines Jungen zerriss ihn. Er zitterte. Er wollte schreien, brachte aber keinen Ton heraus.

Lange lag er mit offenen Augen einfach nur so da. Mondlicht fiel durch das winzige Fenster auf ihr Bett. Er dachte an das, was dieser Kommissar ihm am Morgen erzählt hatte.

Drei Tote hatte es gegeben, drei Morde. Und er hatte sie alle gekannt. Auch diese alte Frau, die in der Neujahrsnacht verblutet war.

Er zitterte jetzt so sehr, dass sein Kiefer verkrampfte. Er drehte sich auf die Seite, sein Gesicht ganz nah an dem seines Sohnes. Er legte seine Hand auf die seines Jungen und weinte.

☆

Obwohl er todmüde war, schlief Ly schlecht. Mitten in der Nacht wachte er auf. Er hatte wieder das Bild des Jungen im Krankenhaus vor Augen. Abgemagert bis auf die Knochen, und angekettet. Er drehte sich zu Duc um, der neben ihm lag, und strich ihm über die Wange. Bald wäre er weg. In Singapur, außer Reichweite für ihn. Tränen stiegen in Ly auf. Wie konnte Thuy ihm das antun? Sie wusste doch, wie sehr er seine Kinder liebte.

☆

Bui Dai hörte, wie ein Schlüssel ins Schloss geschoben und gedreht wurde. Er setzte sich auf und legte die Hand seines Jungen, die er die ganzen Stunden festgehalten hatte, vorsichtig auf dessen Brust ab. Sie war längst kalt. Sein Sohn war noch vor der Morgendämmerung gestorben.

☆

Als Ly am Morgen aufwachte, lag sein Sohn eng an ihn gekuschelt neben ihm. Seine dünnen Arme hatte er um Lys Bauch geschlungen. »Duc«, flüsterte Ly und rüttelte ihn leicht.

Duc gab ein Murren von sich.

»Komm, lass uns schwimmen gehen.«

»Jetzt?« Duc blinzelte verschlafen.

»Warum nicht.« Eigentlich hatte Ly früh ins Präsidium fahren wollen, um mit seiner Ermittlung weiterzukommen. Aber das musste warten. Jetzt wollte er erst einmal etwas mit seinem Sohn unternehmen, bevor er weg war.

Es dauerte einen Moment, bis Duc zu sich kam. Sie zogen sich leise an und schlichen aus der Wohnung. Huong und Thuy schliefen noch.

Lys Mutter saß schon vor ihrem Verkaufstisch im Erdgeschoss. Neben ihr auf einem Schemel hockte die alte Tante Thoa und stierte ins Leere. Sie ließ sich schon lange nicht mehr von dem Geschehen in ihrer nächsten Umgebung ablenken.

»Ly! Stimmt das mit Thuy?«, fragte seine Mutter unwirsch.

»Ob was stimmt?«, fragte Ly, der natürlich ahnte, worauf seine Mutter hinauswollte.

»Dass Sie dich verlässt.«

»Nein, Mutter, das stimmt nicht. Thuy geht nach Singapur, für einen Job.« Ly hatte es bislang vermieden, seiner Mutter von Thuys Plänen zu erzählen. Er konnte vor ihr ja schlecht eingestehen, dass seine Frau, ohne ihn zu fragen, ins Ausland ging. Er würde sein Gesicht verlieren. Aber natürlich hatte sie es längst irgendwo gehört. In diesem Haus blieb ihr nichts verborgen.

»Was heißt das, ein Job? Und du?«, fragte sie in zeterndem Tonfall.

»Wir haben lange überlegt, aber es ist eine gute Stelle«, murmelte Ly, dem dieses Gespräch unangenehm war. Er schielte zu Duc hinüber und war erleichtert, dass er gar nicht zuzuhören schien. Er war damit beschäftigt, die roten Kaugummibällchen aus einem der Gläser seiner Großmutter zu fischen.

»Du lässt sie einfach gehen?«

»Warum denn nicht?« Ly hob seine Vespa vom Ständer und schüttelte sie leicht hin und her, bis er das Benzin im Tank schwappen hörte. Weit würde er damit nicht mehr kommen.

»Früher wäre das nicht möglich gewesen«, schimpfte seine Mutter.

»Mutter, lass es. Ich habe das alles mit Thuy besprochen.«

»Das kannst du nicht zulassen.«

»Mutter!«, sagte Ly mit Nachdruck und schob seine Vespa aus dem Haus. Duc sprang hinter ihm auf den Sozius, und sie fuhren los.

Draußen war es kalt, aber trocken. Einzelne Sonnenstrahlen durchbrachen die diesige Wolkendecke. Sie tankten und fuhren ins Four-Seasons-Bad hinter dem Dong-Da-Park. Es war ein schlichtes Hallenbad, in dem sie um diese Uhrzeit fast alleine waren. Sie schwammen und tauchten um die Wette. Wieder und wieder warf Ly Duc über die Schulter ins Wasser, so dass er kreischte und japste. Irgendwann waren sie beide nur noch erschöpft und hungrig. In einem kleinen Laden hinter den Bahngleisen aßen sie ein verspätetes Frühstück. Klebreis mit gekochtem Ei und Bratensoße. Anschließend fuhr Ly Duc zu einem Freund an den Westsee, dessen Großeltern dort ein Haus mit Garten hatten. Ly hoffte, die beiden Jungs würden das nutzen und draußen spielen, auch wenn Ly ahnte, dass sie wieder nur vor dem Computer hängen würden.

☆

An der Promenade am Westsee trank Ly einen Kaffee. Er brauchte noch ein paar Minuten für sich, bevor er ins Büro fuhr. Als er schließlich in die Zufahrt zum Präsidium einbog, riss der alte Pförtner die Tür seiner Wachhütte auf. »Kommissar Ly, warten Sie«, rief er. »Sie haben Besuch!«

Ly bremste und sah sich um. Hinter dem Pförtner trat eine Frau aus der Wachhütte. Sie trug einen langen blauen Daunenmantel und fellgefütterte Boots. Die dicke Wollmütze hatte sie tief in die Stirn gezogen. Erst beim zweiten Hinschauen erkannte Ly, dass es die Ehefrau des Toilettenimporteurs Vo Vinh war. Sie kam auf Ly zu und lächelte zaghaft. »Hätten Sie ein paar Minuten Zeit für mich?«

»Frau Mai. Sicher, kommen Sie mit.«

Ly führte Frau Mai in Lans ehemaliges Büro. Sein eigenes Büro war immer noch nicht aufgeräumt. Er nahm ihr den Mantel ab, und sie setzten sich.

Frau Mai hielt ihm eine rote Pappmappe hin. »Eine Kopie des Kaufvertrags«, sagte sie.

Ly blätterte die Papiere durch, ohne recht zu wissen, was er damit anfangen sollte.

»Ich dachte, vielleicht hilft es Ihnen weiter.« Frau Mai holte ein Päckchen Mentholzigaretten aus ihrer Handtasche. Ly gab ihr Feuer.

»Inwiefern soll mir das weiterhelfen?«, fragte er.

»Ich weiß nicht, wie ich es sagen soll …« Frau Mai sah ihn einen Moment schweigend an, als überlegte sie, ob sie wirklich weiterreden sollte. »Ich möchte niemandem Unrecht tun. Aber Sie sollten wissen, dass der Vertrag im Namen eines Strohmanns aufgesetzt ist.«

Frau Mai beugte sich vor, blätterte eine Seite des Vertrags um und zeigte auf die Unterschriften am Ende der Seite. Asche fiel auf das Papier. »Der Strohmann ist ein Bauunternehmer. Er nennt sich Big Jim. Die Landnutzungsrechte lagen offiziell bei ihm.«

»Ich kenne diesen Big Jim«, sagte Ly. »Worauf genau wollen Sie hinaus?«

»Ich dachte …« Sie hielt inne, die Finger, zwischen denen sie die Zigarette hielt, zitterten leicht. »Mein Mann sollte das Geld für den Landkauf an Big Jim zahlen. Big Jim hätte es dann an den Chinesen weitergegeben. Aber jetzt, wo der Chinese tot ist … Geld ist doch sicher auch ein Mordmotiv.«

»Moment«, sagte Ly. »Das heißt, das Geld wurde noch gar nicht ausgezahlt?«

Frau Mai deutete ein Kopfschütteln an.

»Wieso nicht?«

Sie lächelte. »Es ist viel Geld. Und der Chinese wollte alles in bar.«

»Wann soll Ihr Mann zahlen?«, fragte Ly.

»Innerhalb der nächsten zwei Wochen«, sagte Frau Mai.

Ly rieb sich mit der Hand über das Gesicht. Hieß das nicht, dass Big Jim die gesamte Zahlung einbehalten konnte? Der Chinese, an den er das Geld hätte weiterleiten müssen, war tot. Und irgendwelchen Investoren in China fühlte Big Jim sich sicherlich nicht verpflichtet. Ly zündete sich eine *Thang Long* an und nahm einen tiefen Zug. Vielleicht sollte der Mord an dem Chinesen gar nichts vertuschen. Vielleicht war er nur ein Weg, an das Geld zu kommen – nachdem das Bauprojekt, an dem Big Jim sicherlich viel Geld verdient hätte, schon nicht zustande gekommen war. Aber was war mit dem Gemeindevorsteher und der toten Frau?

Ly atmete den Rauch aus. »Entschuldigen Sie«, sagte er zu Frau Mai. »Ich muss kurz telefonieren.« Er griff nach seinem Handy und tippte Big Jims Büronummer. Wieder nahm die Sekretärin ab. Und schon wieder wollte sie Ly abwimmeln. Diesmal redete sie sich damit heraus, dass ihr Chef in einem wichtigen *mit tinh* und nicht vor dem Nachmittag erreichbar sei. Ly sagte ihr, er erwarte Big Jim innerhalb der nächsten Stunde im Präsidium. Ansonsten würde er einen Streifenwagen vorbeischicken und ihn abholen lassen. Er war sich sicher, Big Jim würde kommen. Er würde sich nicht die Blöße geben, von Polizisten abgeführt zu werden.

Während Ly telefonierte, war Frau Mai aufgestanden und ans Fenster getreten. Als Ly aufgelegt hatte, fragte sie: »Meinen Sie, dieser Big Jim hat etwas mit den Morden zu tun?«

»Wenn er etwas damit zu tun hat, wird es verdammt schwer, ihm das nachzuweisen. Solche Männer haben ihre Handlanger für die Drecksjobs. Und er ist sicher auch clever genug, alle Spuren, die zu ihm führen könnten, zu verwischen.«

Frau Mai nahm sich noch eine Zigarette. Etwas Trauriges lag in ihren Augen. »Kommissar Ly«, sagte sie. »Dieser enteignete Bauer im Gefängnis – was ist passiert, dass er verurteilt wurde?«

Ly erzählte es ihr. Frau Mais Blick war nach draußen gerichtet, aber Ly konnte sehen, wie sie leicht den Kopf schüttelte, als fände sie das alles unfassbar. »Wir wussten wirklich nichts von dieser Enteignung«, sagte sie, nachdem Ly geendet hatte. Ihre Stimme war jetzt dünn und sehr leise.

Ly hatte das Gefühl, sie trösten zu müssen. »Das Land war schon enteignet, als Sie es gekauft haben«, sagte er. »Es ist nicht Ihre Schuld.«

»Ich fühle mich aber schuldig«, sagte sie und drehte sich zu Ly um. »Vielleicht sollten wir dem Mann seine Parzellen einfach zurückgeben. Was meinen Sie? Oder wir könnten ihm und seinem Sohn zumindest im Kinderheim eine Arbeit geben.«

Ly betrachtete Frau Mai. Hatte er sich vielleicht in ihr getäuscht? War sie doch nicht nur die verwöhnte junge Ehefrau? »Wenn Sie es ernst meinen«, sagte er, »fahren Sie ins Gefängnis und fragen Sie ihn. Ich besorge Ihnen eine Besuchserlaubnis.«

Sie lächelte ihn mit zusammengepressten Lippen an und nickte.

»Es gibt da etwas, das Sie wissen sollten. Der Sohn des Bauern, für ihn werden Sie nichts mehr tun können. Er liegt im Sterben.«

Frau Mai sog die Luft ein. »Im Sterben?«

»HIV. Das geht im Gefängnis ...« Ly unterbrach sich. Frau Mai hatte sich mit einer Hand an der Wand abgestützt. Sie war mit einem Mal sehr blass. Ly stand auf, legte ihr eine Hand auf den Rücken und schob sie zum Sofa. »Setzen Sie sich«, sagte er. Ihre Knochen stachen spitz hervor. Er hatte das Gefühl, sie könnte jeden Moment unter seinen Händen zerbrechen.

Sie tupfte sich mit dem Ärmel ihres Pullovers über die Augen. »Da wollten wir etwas Gutes tun. Ich meine mit dem Heim. Und dann so etwas.«

»Sie können nichts rückgängig machen. Aber fahren Sie ins Gefängnis und reden Sie mit dem Mann. Ich denke, das ist eine gute Idee.«

☆

Ly hatte gerade Frau Mai verabschiedet, als eine junge Polizistin in der Tür stand. Ihre grasgrüne Uniformjacke hing offen über ihrem Bauch. Sie musste mindestens im siebten Monat schwanger sein. Sie sagte, Ly solle bitte zu Parteikommissar Hung kommen. Das *Bitte*, darüber war sich Ly im Klaren, hatte sie hinzugefügt. Sein Chef erteilte nur Befehle.

Mit schweren Schritten ging Ly die Treppen ins Erdgeschoss hinunter. Er wusste, er hätte dem Parteikommissar längst Zwischenbericht erstatten müssen. Aber er hasste diese Unterredungen mit ihm. Sie waren eine einzige Zeitverschwendung. Und er wusste jetzt schon, dass der Parteikommissar ihn wieder nur ausbremsen würde, wenn er erfuhr, dass sie es allem Anschein nach mit einer Mordserie zu tun hatten. Letztendlich ging es Parteikommissar Hung immer nur um das Ansehen: das Ansehen der Partei, das Ansehen des

Landes, sein eigenes Ansehen – ein Dreifachmord passte da nicht rein. Daran würde die Erleichterung, dass der Mord an dem Chinesen vermutlich nichts mit den antichinesischen Unruhen zu tun hatte, kaum etwas ändern.

Die Tür zum Chefbüro stand offen. Parteikommissar Hung saß hinter seinem großen Schreibtisch und war in die Volkszeitung vertieft. Auf dem Beistelltisch vor dem Sofa stand ein großer Strauß Lilien, dessen penetranter Duft den ganzen Raum erfüllte. Lys Blick fiel auf ein Foto mit Trauerbanderole, das neben den Blumen auf dem Tisch stand. Es war ein Foto von General Giap. Seit seinem Tod stand in fast jedem Wohnzimmer ein Foto von ihm. Der Mann wurde vermutlich mehr verehrt als Ho Chi Minh. Er war es gewesen, der die Truppen zum Sieg gegen die Franzosen und Amerikaner geführt hatte. Aber es überraschte Ly doch etwas, das Foto im Büro seines Chefs zu sehen. General Giap hatte die Partei bis zuletzt immer wieder heftig kritisiert, nicht zuletzt wegen Korruption in den eigenen Reihen. Korrupte Kader aber waren eine Realität, die Parteikommissar Hung standhaft ignorierte. Für ihn waren die Partei und alles, was mit ihr zu tun hatte, heilig.

Ly räusperte sich. »Parteikommissar Hung, Sie wollten mich sprechen?«

Der alte Mann sah von seiner Zeitung auf. »Genosse Ly. Da sind Sie ja endlich. Setzen Sie sich.« Mit zittrigen Händen schenkte er grünen Tee in fingerhutgroße Tassen. Ly murmelte ein »*moi uong*«, lade zum Trinken, ohne das man höflichkeitshalber vor einem Älteren niemals die Tasse hob. Der Tee schmeckte furchtbar bitter, wie immer bei seinem Chef.

Parteikommissar Hung sah Ly durch die dicken Gläser seiner Hornbrille an, hinter der seine Augen verschwammen. »Ich habe eben einen Anruf vom Vorsteher der Parteisektion der Provinz Hung Yen erhalten. Er sagte mir, Sie haben einen Distriktkader aus seiner Provinz vorgeladen?«

Ly stöhnte innerlich auf. Dass Big Jim so schnell seine Kontakte spielen ließ, damit hatte er nicht gerechnet. Verdammt, wie sollte er ermitteln, wenn immer irgendwer dazwischengrätschte. »Ja«, sagte Ly. »Ich habe den Mann um ein Treffen im Präsidium gebeten.«

Parteikommissar Hung trommelte mit den Fingern auf die Tischplatte. »Er soll ein wichtiges Parteimitglied sein. Es ist nicht erwünscht, dass Sie ihn vernehmen.«

Wut stieg in Ly hoch. »Ich kann nicht jedes Mal Rücksicht auf irgendwelche Befindlichkeiten nehmen ... Es geht um dreifachen Mord.« Ly biss sich auf die Zunge, das hatte er seinem Chef so direkt gar nicht sagen wollen. Parteikommissar Hung stierte Ly einen kurzen Moment an, dann nahm er seine Brille ab und rieb sich über die Augen. »Wieso dreifacher Mord?«, fragte er, ohne dass es wie ein Vorwurf klang. Es war Neugier, die Ly herauszuhören meinte.

Ly trank einen Schluck von dem abscheulich schmeckenden Tee und versuchte seine Gedanken zu sammeln. Dann setzte er an, Bericht zu erstatten und sein Chef ließ ihn, ganz entgegen seiner Gewohnheit, in Ruhe aussprechen. Als Ly schließlich geendet hatte, lehnte Parteikommissar Hung sich zurück, kreuzte die Finger vor dem Bauch und sah Ly nachdenklich an.

»Dieser Chinese. Zhang«, sagte Parteikommissar Hung. »Sie meinen also, sein Tod hat nichts mit den antichinesischen Ausschreitungen zu tun?«

»Ich denke, nicht.«

»Und wenn ich Sie richtig verstanden habe, glauben Sie, es geht um eine Landenteignung und um Korruption lokaler Kader?«

»Ja, das glaube ich. Es ist zumindest möglich. Alles deutet auf eine Verbindung zu diesem Land in Tien Cong hin.«

Der Parteikommissar hustete und wischte sich mit dem Handrücken über den Mund. »Genosse Ly, unsere Ansichten differieren sehr. Das wissen wir beide. Aber glauben Sie mir, was da draußen momentan passiert, gefällt mir auch nicht. Diese Landkader benehmen sich wie die Fürsten. Natürlich nicht nur sie, auch in Hanoi gibt es viele solcher Funktionäre …« Er seufzte. »Sie untergraben die Partei, nutzen sie als Schutzschild für ihre korrupten Geschäfte. Alles, um sich persönlich zu bereichern. Damit machen sie alles streitig, was wir errungen haben.«

Ly sah seinen Chef ungläubig an. So hatte er ihn noch nie reden gehört.

Parteikommissar Hung beugte sich vor, griff in eine seiner Schreibtischschubladen und schob Ly zwei Polizeiausweise über den Tisch zu. »Ihre Suspendierung ist aufgehoben. Und Ihre Assistentin soll auch wieder kommen.«

Für einen Moment war Ly sprachlos. Dann sagte er: »Ich fürchte, ich werde Lan nicht überreden können.«

»Ich werde mit ihr sprechen.« Parteikommissar Hung verzog seinen Mund zu einem verschmitzten Lächeln. »Lassen Sie mich nur machen. Sie wird nicht nein sagen können.«

Ly hatte seinem Chef noch nie große Sympathien entgegengebracht. Aber jetzt gerade mochte er ihn sehr.

»Genosse Ly«, fuhr Parteikommissar Hung fort. »Sie vernehmen jetzt diesen Distriktkader. Sie haben freie Hand. Ich lasse mich doch nicht von irgendwelchen Provinzlern unter Druck setzen.«

☆

Als Ly das Büro von Parteikommissar Hung verließ, wartete die schwangere Polizistin im Treppenhaus auf ihn, um ihm zu sagen, dass man Big Jim in Verhörraum Nummer acht gebracht hatte.

Ly ging den langen Gang hinunter und öffnete die Tür.

Zigarettenrauch hing in der Luft. Big Jim saß auf einem der Holzstühle, einen Ellenbogen über der Stuhllehne, die Beine übergeschlagen. Auf dem Boden um seine Füße lagen mehrere ausgetretene Kippen. Als Ly eintrat, schaute er demonstrativ auf seine Rolex.

Ly ignorierte die Provokation und setzte sich ihm gegenüber. Er sagte erst einmal nichts und wartete, dass Big Jim das Schweigen brach, was er schließlich auch tat. »Kommen Sie, Kommissar, was wollen Sie? Ich habe Besseres zu tun, als hier rumzusitzen.« Er ließ seinen Blick über die kahlen Wände gleiten. »Wir hätten uns zumindest in einem netten Café treffen können.«

»In Ihrem Dorf hat ein Bauer Landminen vergraben. Wieso wollten Sie das vor mir verheimlichen?«

»Deshalb laden Sie mich vor?« Big Jim verzog seinen Mund zu einem spöttischen Grinsen. »Sie wissen doch genauso gut wie ich, wie das auf dem Land ist. Wir lassen uns nicht gerne von einem Hauptstadtkommissar in die Karten schauen. Das sind Dorfangelegenheiten.«

»Nicht, wenn es um Mord geht.«

»Ach bitte. Dieser Chinese hatte doch sicher eine Menge Dreck am Stecken. Ich meine, Zhang war ein Immobilienhai. Der hat überall investiert. Da müssen Sie doch nicht gerade in unserem Dorf nach seinem Mörder suchen.«

»Und wenn doch?«

»Ich hab schon gehört, dass Sie glauben, unser Gemeindevorsteher wurde auch ermordet.«

»Sie sind ja gut informiert«, sagte Ly und dachte, dass nur dieser Manh, der Polizeichef von Tien Cong, ihm das erzählt haben konnte.

»Hören Sie, Kommissar. Sie bilden sich da was ein. Unser Gemeindevorsteher hatte einen Herzinfarkt. Er hat immer schon zu viel gefressen. Und gesoffen.«

»Vielleicht«, sagte Ly und schob das Foto von der Toten von der Baustelle über den Tisch. Big Jim betrachtete das Bild. »Wer soll das sein?«

»Sie heißt Nguyen Thi Thu. Sie ist auch tot.«

Big Jim schüttelte den Kopf. »Ich kenne die Frau nicht.«

Ly schob eine Fotografie von einem der Totenkränze hinterher. »Bei allen drei Toten wurden solche Kränze gefunden.«

Big Jim starrte auf das Bild – den Bruchteil einer Sekunde zu lang, wie Ly fand. Ihm entging auch nicht, dass Big Jims Kiefer mahlten und die Sehnen an seinem Hals hervortraten. Für einen kurzen Moment dachte er, Big Jims arrogante Fassade würde Risse bekommen, doch dann entspannte Big Jim sich wieder.

»Was ist mit dem Kranz?«, fragte Ly.

Big Jim fuhr mit der Hand durch die Luft. »Ach, diese alten Geschichten. Die interessieren doch niemanden.«

»Was für alte Geschichten?«, hakte Ly nach.

»Es gab da in Tien Cong diesen Mann. Er war Korbflechter«, sagte Big Jim und erzählte, dass er irgendwann im 18. Jahrhundert gelebt und mehrere Menschen umgebracht haben soll. Bevor er seine Morde beging, habe er geflochtene Weidenkränze an seine Opfer verschickt, um ihnen Angst einzujagen. Nach seinem Tod wurde der Mann zur Dorfschutzgottheit von Tien Cong ernannt. Warum, konnte Big Jim nicht sicher sagen. Vielleicht glaubte man, er könne das Dorf beschützen, oder aber man wollte ihn einfach besänftigen, damit er kein weiteres Unglück über die Lebenden brachte.

Ly schüttelte den Kopf. Ein Serienmörder aus dem 18. Jahrhundert als Vorbild. Das war wirklich absurd. Aber es sah ganz so aus, als eiferte da jemand diesem Mann nach. Und es bestätigte nur noch einmal seinen Verdacht, dass die Morde etwas mit Tien Cong zu tun hatten. Ly ärgerte sich über diesen Dorfpolizisten, er hätte gleich sagen können, was es mit den Kränzen auf sich hatte. Ly zweifelte nicht daran, dass er es wusste. Die Witwe des Gemeindevorstehers hatte auch sofort verstanden, dass der Kranz eine Morddrohung gewesen war.

Ly stand auf und ging im Raum auf und ab. Es fiel ihm schwer, sich zu konzentrieren. Zu viele Gedanken wirbelten in seinem Kopf umher. Wäre doch nur Lan schon da. »Wie konnte es überhaupt so weit kommen, dass Bui Dai sein Land vermint hat?«, fragte Ly schließlich.

»Was weiß ich. Er wollte uns hinhalten. Hat auf immer noch mehr Geld spekuliert.«

»Dazu hatte er ja wohl auch alles Recht«, sagte Ly. »Wie viel hat der Chinese pro Quadratmeter gezahlt? Fünf Millionen Dong?«

Big Jim lächelte. »So in etwa, ja. Wo ist das Problem?«

»Sechzigtausend Dong pro Quadratmeter wurden Bui Dai als Entschädigung angeboten«, sagte Ly. Diese Summe war in der Prozessakte vermerkt gewesen. Sechzigtausend, das waren nicht mal drei von insgesamt rund zweihundertdreißig US-Dollar. »Keine schlechte Marge, die Sie und Ihre Kaderkollegen da eingestrichen haben.«

»Bui Dai hätte froh sein sollen, dass man ihm überhaupt eine Entschädigung angeboten hat. Letztendlich gehört das Land immer noch dem Staat.«

»Dem Volk«, sagte Ly und zog eine *Thang Long* aus der Schachtel, ohne den Blick von Big Jim zu lassen.

»Dann eben dem Volk.« Big Jim sah wieder auf die Uhr. »Ich habe gleich ein wichtiges *mit tinh*. Können wir unser nettes Gespräch nicht vielleicht später fortführen?«

Ly ignorierte den Einwand. »Zuerst dachte ich, Sie würden versuchen, Ihre korrupten Machenschaften zu vertuschen.«

»Sie verdächtigen mich?« Big Jim lachte laut auf. Ly fiel es immer schwerer, ruhig zu bleiben. Aber er wusste, alles andere würde Big Jim nur noch weiter amüsieren.

»Aber vielleicht ging es gar nicht darum, irgendwas zu vertuschen«, sagte Ly. »Geld ist auch ein Motiv. Vom Tod des Chinesen profitieren Sie auf jeden Fall.«

»Ach ja?« Big Jim sah Ly an. Er lachte nicht mehr. Auf seiner Stirn hatte sich eine steile Falte gebildet.

»Jetzt, wo Zhang tot ist«, sagte Ly weiter, »müssen Sie das Geld, dass dieser Toilettenimporteur für die Nutzungsrechte bezahlen wird, ja nicht mehr abgeben. Da verdienen Sie gleich doppelt.« Erst zahlte der Chinese für die Nutzungsrechte, dachte Ly, und nun noch einmal dieser Toilettenmensch. Und mal abgesehen von den Schmiergeldern und diesen minimalen Entschädigungen, die Big Jim verteilte, landete fast das gesamte Geld bei ihm.

Big Jim winkte ab. »Ich muss Sie enttäuschen. Die chinesischen Investoren, von denen Zhang das Geld für das Projekt eingesammelt hatte, werden es von mir zurückfordern.«

Jetzt war es Ly, der auflachte. »Was gehen Sie Forderungen irgendwelcher Chinesen an?«

»Und diese alte Frau?«, fragte Big Jim mit Spott in der Stimme. »Wie passt die in Ihre mühsam konstruierte Theorie?«

Ly lächelte, ohne eine Antwort zu geben. Er wollte Big Jim zumindest glauben machen, er habe eine Antwort darauf. In Wahrheit hatte er nicht die geringste Idee.

»Sie wagen sich weit vor«, sagte Big Jim, und es klang wie eine Drohung. »Weiß Ihr Vorgesetzter, was Sie mir hier vorwerfen?«

»Weiß er«, sagte Ly.

Big Jim fuhr sich mit den gespreizten Fingern durch die Haare und steckte sich mit der freien Hand eine Zigarette zwischen die Lippen. »Sind Sie schon mal auf die Idee gekommen, dass dieser Bauer der Mörder ist?«, fragte Big Jim. »Aus dem Knast kann man so einiges in Auftrag geben.«

»Sicher kann man das«, sagte Ly und ließ seinen Blick nicht von Big Jim ab. Das Gespräch begann ihm Spaß zu machen. »Und Rache ist auch immer ein gutes Motiv. Immerhin hat der Chinese Bui Dais Landnutzungsrechte übernommen, und der Gemeindevorsteher hat dem Ganzen zugestimmt.« Ly stützte seine Hände auf den Tisch auf, beugte sich vor und fixierte Big Jim, der seinem Blick standhielt. »Aber mal ehrlich. Wenn ich Bui Dai wäre, hätte ich zuerst Ihren Polizeichef umbringen lassen. Er hat seine Tochter auf der Wache festgehalten. Und Sie hätte ich ermordet! Sie hatten doch bei der Enteignung die Fäden in der Hand. Alle anderen waren nur Handlanger.«

☆

Ly brachte Big Jim bis zum Pförtnerhäuschen und ging zurück zum Hauptgebäude. Vor der Ho-Chi-Minh-Büste im Foyer standen frische Lilien und Chrysanthemen. Irgendjemand hatte Räucherstäbchen angezündet. Ly lehnte sich an die Wand und schloss die Augen. Er fühlte sich vollkommen ausgelaugt. Es war ihm unverständlich, mit welcher Rücksichtslosigkeit Menschen wie dieser Big Jim durchs Leben marschierten. Der Mann schien nicht einmal ansatzweise ein schlechtes Gewissen zu haben, den Bauern und seine Familie von ihrem Land verjagt zu haben. Und Ly wollte nicht wissen, wessen Leben er noch alles zerstört hatte.

Das Klacken von Absätzen auf der Eingangstreppe holte Ly aus seinen Gedanken. Es war Lan. Er konnte schon an ihrem Gang hören, wie wütend sie war. Die Arme vor der Brust verschränkt und ohne ihn eines Blickes zu würdigen, marschierte sie an ihm vorbei. Ly folgte in sicherem Abstand. In der Tür ihres Büros blieb er stehen und sah ihr zu, wie sie den Mantel auszog und an den Haken hinter der Tür hängte. »Schön, dass du da bist«, sagte er. »Konnte Parteikommissar Hung dich also wirklich überreden?«

Lan drehte sich zu Ly um, die Hände in die Hüften gestützt. »Überreden nennst du das? Er hat mir keine Wahl gelassen. Von wegen Pflicht gegenüber meinem Vaterland ... Aufbau des Sozialismus, Freiheit, Gerechtigkeit ... mit der ganzen Litanei ist er angekommen. Ach, frag mich nicht.«

Ly rang sich ein entschuldigendes Lächeln ab. »Tut mir leid.«

»Erzähl mir jetzt bloß nicht, du hast nichts damit zu tun.«

»Ich bin auf jeden Fall froh, dass du da bist.«

Lan legte den Kopf schief und zog die Brauen hoch. Ly hatte das als Ausdruck stiller Kritik zu deuten gelernt und wusste, er sollte jetzt lieber den Mund halten. Lan ließ sich auf den Drehstuhl hinter ihrem Schreibtisch fallen, strich sich ihre langen Haare hinter die Ohren und seufzte. »Und jetzt. Wie geht's weiter?«

Ly erzählte ihr, was er hatte. Und vor allem, was er nicht hatte. Lan fuhr währenddessen ihren Computer hoch.

»Versuch mehr über Big Jim rauszufinden«, sagte Ly. »Bankdaten, Bauprojekte ...«

»Meinst du, er steckt hinter den Morden?«

»Er verdient auf jeden Fall an dem Tod des Chinesen«, sagte Ly. »Ich frag mich nur, was diese Show mit den Kränzen soll.«

»Vielleicht gefällt es Big Jim, Angst zu verbreiten? Das passt doch zu so einem Typ. Oder er will von sich ablenken.«

»Wir müssen mehr über die Tote von der Baustelle in Erfahrung bringen. Vielleicht verstehen wir dann mehr.«

»Ich kann versuchen, ein paar ihrer alten Kollegen und Kampfgefährten ausfindig zu machen«, sagte Lan. »Als ehemalige Funkerin war sie sicherlich in irgendeinem Veteranenverband. Befragst du die Nachbarn?«

Ly nickte. Langsam mussten die Bewohner dieser

Stadtvilla ja mal von ihren Neujahrsbesuchen zurück sein. »Noch was ganz anderes«, sagte Ly und erzählte Lan von seiner Begegnung mit dem blinden Wahrsager und dass er den Namen des Mädchens haben wollte, das unter dem Banyan verunglückt war.

»Der Blinde, ich habe ihn lange nicht gesehen. Geht's ihm gut?«, fragte Lan.

Ly zuckte mit den Schultern. »Ich weiß nicht.« Er war noch nie auf die Idee gekommen, den Mann zu fragen, wie es ihm ging. Wenn sie sich zufällig trafen, war es letztendlich immer der Wahrsager, der redete.

»Kannst du ihn nicht um Hilfe bitten? Vielleicht kann er von den Toten einen Hinweis auf den Mörder bekommen.«

Ly machte eine wegwerfende Handbewegung. »Ach, das ist doch alles Humbug.« Er wollte vor Lan nicht zugeben, dass er selbst schon daran gedacht hatte. Es war ihm peinlich. Wenn er schon so weit war, Wahrsager in Anspruch nehmen zu müssen, konnte er den Job auch gleich sein lassen.

☆

Für den Abend hatten Lan und Ly sich in Minhs *bia hoi* verabredet. Es nieselte, doch trotz des Wetters waren die Menschen auf den Straßen unterwegs. Die Ruhe der *Tet*-Tage war nun endgültig vorbei. Die Altstadtgeschäfte waren wieder geöffnet, Ladengitter zur

Straße hin weit aufgezogen. Aus Innenräumen schimmerte das grünliche Licht von Neonlampen. Männer in billigen Plastikcapes schoben hoch mit Waren beladene Fahrräder durch die Gassen. Frauen schleppten mobile Suppenküchen in Körben über dem Schulterjoch. Unter Lkw-Planen, die zwischen den Bäumen gespannt waren, standen schier endlose Reihen aus niedrigen Stühlen und Tischen. Überall wurde gegessen und getrunken. Auch vor Minhs *bia hoi* saßen die Gäste dicht gedrängt unter einer Plane. Minh stand am Bierfass und füllte die Gläser. »Lan! Ly! Schon gegessen? Löst mich mal jemand ab?«, rief er, nahm zwei randvoll gefüllte Gläser und drückte sie ihnen in die Hände. »Lan, wie schön, dich mal wieder zu sehen. Ich habe dich vermisst.«

Lan lachte hell auf.

»Ich meine das ernst«, sagte Minh.

»Ich komm jetzt vielleicht wieder öfter her«, sagte Lan immer noch lachend. »Können wir uns reinsetzen? Draußen ist es mir zu kalt.«

»Sicher.« Minh trug einen Tisch in den Innenraum und stellte ihn so nah an den Herd, dass das Feuer sie wärmen würde. Sie setzten sich. Minh legte Hühnchenspieße und mit Zwiebeln und Koriander bestreute Muscheln auf den Grill. Fett tropfte in die Glut der Holzkohle und zischte. Dann schnitt er Senfkohl, hackte Schalotten und warf beides mit Chili, Knoblauch und Garnelen in den Wok. Es dauerte keine zehn Minuten, und ihr Tisch war vollgestellt mit Tellern,

Schüsseln und Schälchen. Während sie aßen, berichtete Lan, was sie herausgefunden hatte.

Big Jim hatte mehrere zentrale Gremienfunktionen innerhalb der Distriktverwaltung inne. So wie es aussah, hatte er diese in der Vergangenheit genutzt, um sich persönliche Vorteile zu verschaffen. Bei der Verteilung von Baugenehmigungen war es immer wieder zu Ablehnungen und Verzögerungen gekommen. Die Probleme seien jedoch immer auf einen Schlag behoben gewesen, sobald Big Jim als Bauunternehmer eingesetzt worden war.

Big Jim soll zudem nicht nur bei der Landenteignung in Tien Cong seine Finger im Spiel gehabt haben, sondern auch bei Enteignungen in anderen Gemeinden des Distrikts. Lans Informationen zufolge hatte er in mehreren Fällen dafür gesorgt, dass Investoren das Land, das sie haben wollten, bekamen. Bei der Räumung hatte Big Jim gemeinsame Sache mit den lokalen Polizeichefs gemacht.

Es bestand kein Zweifel, dass Big Jim ein Mann mit guten Beziehungen war. Die Frage war nur, wie weit nach oben diese Beziehungen wirklich reichten. Ab einem bestimmten Punkt musste Ly sich in Acht nehmen, das war ihm klar. »Weißt du, ob Big Jim auch in Van Giang involviert war?«, fragte er Lan. Es hieß, in dem Bauprojekt von Van Giang mischten Investoren aus allerhöchsten Parteirängen mit. Für den Bau einer Satellitenstadt waren dort in einem ersten Schritt rund 3000 Familien enteignet worden. Es hatte monatelange Proteste gegeben. Die Bauern waren mit Steinen, Spaten und Molotowcocktails auf die Männer losgegangen, die das Land räumen sollten. Zuletzt waren 3000 Polizisten eingesetzt worden, um die wütenden Bauern in Schach zu halten. Genau wie Tien Cong lag auch Van Giang in der Provinz Hung Yen.

»Nein«, sagte Lan. »Damit hatte er, soweit ich das recherchieren konnte, nichts zu tun. Ganz so wichtig ist er dann wohl doch nicht.«

Ly atmete auf und trank von seinem Bier. Wenn Big Jim in Van Giang involviert gewesen wäre, hätte er kaum erfolgreich weiterermitteln können.

Lan sah Ly an, um ihre Mundwinkel zuckte ein Grinsen. »Das ist noch nicht alles, was ich rausgefunden habe. Es muss einen ziemlich heftigen Streit gegeben haben zwischen Big Jim und dem Gemeindevorsteher.«

»Unserem Toten aus dem Schweinestall?«

»Genau den.« Lan erzählte, dass das Geld aus dem Verkauf des Gemeindelandes von Tien Cong nicht, wie die Männer im Dorf es Ly hatten weismachen wollen, in die Renovierung der Dorfschule und der Krankenstation geflossen sei. Der Gemeindevorsteher hatte es in seine eigene Tasche gesteckt. Und anscheinend hatte er Big Jim keinen Anteil abgeben wollen. Oder nicht den geforderten.

»Wer hat dir das alles erzählt?«, fragte Ly, der sich mal wieder wunderte, wie Lan an ihre Informationen gekommen war.

»Eine der Damen von der Frauenunion war ziemlich gesprächig.«

»Also Markttratsch? Nicht wirklich beweiskräftig.«

»Markttratsch. Weiberklatsch. Nenn es, wie du willst. Unwahr ist es deshalb noch lange nicht.«

Nein, das nicht. Trotzdem, sie brauchten Beweise. Gegen jemanden wie Big Jim kämen sie nur mit hieb- und stichfesten Beweisen an.

Ly winkte Minh, er möge mehr Bier bringen. »Was ist mit der Toten von der Baustelle? Hast du da auch was?«

»Ich warte noch auf die vollständigen Listen des Veteranenverbands. Mit ein paar Kollegen aus ihrer Zeit als Lehrerin konnte ich aber schon sprechen. Allerdings hatte keiner von ihnen noch Kontakt zu ihr. Sie soll nicht gerade umgänglich gewesen sein. Mürrisch, herrisch, immer auf ihren eigenen Vorteil bedacht.«

Diese Charakterisierung, dachte Ly, entsprach ziemlich genau dem, was er von den Nachbarn der alten Frau zu hören bekommen hatte. Er hatte sie alle einzeln vernommen. Und alle hatten sie nur über die Tote geschimpft und waren froh gewesen, dass sie viel Zeit außer Haus verbracht hatte und nicht, wie die anderen alten Hausbewohner, den lieben langen Tag in der Gemeinschaftsküche herumgesessen hatte. Normalerweise sei sie früh am Morgen zur Hoe-Nhai-Pagode aufgebrochen und erst am Nachmittag zurückgekommen. Wahrscheinlich hatte sie im Alter noch schnell versucht, ihr schlechtes Karma aufzubessern, hatte einer der Nachbarn, ein Mann, der eigentlich recht gutmütig auf Ly gewirkt hatte, nicht ganz ohne den Beiklang von Sarkasmus gesagt.

»Nachschub«, rief Minh und stellte einen weiteren Teller vor Lan und Ly auf den Tisch: frisch aufgeschnittene Mango, Ananas und Drachenfrucht. Lan piekte mit einer Gabel ein Stück Mango auf.

»Oh warte, ich hab was vergessen.« Aus ihrer Tasche holte sie den Aktenauszug des Chinesen, den die Ausländerbehörde am Nachmittag gefaxt hatte. Aber außer Informationen zu Zhangs Familie in China und seinem Studium der Betriebswirtschaftslehre an der Universität von Guangxi stand nichts darin, was sie nicht schon wussten.

Sie saßen noch lange zusammen. Ly genoss es, sich mit Lan auszutauschen. Irgendwann setzte sich auch Minh zu ihnen und schenkte von dem guten Schlangenschnaps aus. Wieder und wieder spielten sie verschiedene Theorien durch. Doch keine ergab wirklich einen Sinn. Sogar wenn Big Jim den Gemeindevorsteher im Streit um Geld umgebracht und aus einem Geldmotiv heraus auch den Chinesen ermordet hatte – was hatte das alles mit der alten Frau zu tun, und wieso diese Drohungen mit den Totenkränzen? Zudem warf Lan noch die Frage auf, woher der lokale Polizeichef gewusst hatte, dass der Bauer bewaffnet und sein Land vermint war. In den Prozessakten hatte gestanden, dass die Polizei mit schusssicheren Westen, Hunden und Minensuchgeräten auf das Gelände gegangen sei. »Die tauchen doch sonst nicht so gut ausgerüstet bei einer Räumung auf«, sagte Lan.

Obwohl es spät war, rief Ly Manh, den Polizeichef von Tien Cong, an, um ihn danach zu fragen. Schroff konterte Manh: Niemand hätte irgendwas von Waffen gewusst. Sie hätten eben geahnt, zu was dieser Bauer fähig war. Deshalb seien sie vorbereitet gewesen.

☆

Als Ly nach Hause kam, schliefen Thuy und die Kinder schon. Am Kühlschrank fand er einen Zettel. »Ich habe für morgen einen Tisch reserviert. Im Indochine, 18 Uhr. Das ist unser Abschiedsessen! Nimm dir Zeit!! Thuy.«

»Nimm dir Zeit« – was sollte das? Kam Thuy nicht einmal ohne eine stichelnde Bemerkung aus? Ly griff sich die angebrochene Weinflasche aus dem Kühlschrank, schenkte sich ein Glas ein und trank es in einem Zug aus. Das konnte ja ein tolles Abendessen werden.

Ly ging noch einmal ins Bad und legte sich dann neben Duc auf die Matratze. Er war schon fast eingeschlafen, als ihm die SMS wieder einfiel, die vorhin auf seinem Handy eingegangen war. Er hatte das Piepen gehört, es dann aber vollkommen vergessen. Im Dunkeln tastete er nach dem Telefon, das er neben sich auf den Boden gelegt hatte, und klickte sich durch das Menü, bis er die Nachricht gefunden hatte. Sie kam vom Direktor des Gefängnisses, in dem Bui Dai und sein Sohn einsaßen. »Muss Ihnen mitteilen, dass der Junge verstorben ist. Gruß, K.«

Ly ließ seinen Kopf ins Kissen sinken und schloss die Augen. Ihm war zum Heulen zumute.

☆

In der Nacht schreckte Ly aus dem Schlaf hoch. Sein Puls ging schnell, ihm war heiß. Er hatte mal wieder schlecht geträumt, aber das war es nicht, was ihn geweckt hatte. Es war ein Geräusch gewesen. Er lag still und lauschte. Da war etwas an der Tür, ein leises Schnarren. Mit einem lautlosen Satz war er aus dem Bett, griff sich eines der Fleischmesser, die an einem Magnetbrett über dem Herd hingen, und schlich nach vorne. Die Wohnungstür war nur angelehnt, sie schlossen nachts nie ab. Nur die Ladengitter im Erdgeschoss hatten ein Vorhängeschloss. Das Schnarren wurde lauter, es war jetzt eher ein Kratzen. Sein Herz hämmerte. Jetzt, dachte er, sprang vor und riss die Tür auf.

Er sah noch, wie die Ratte hinter einer Kiste verschwand. Er fluchte. Eine Ratte, eine verdreckte kleine Ratte. Er lehnte sich an die Tür und wartete, dass sein Herzschlag wieder eine normale Frequenz annahm. Dann ging er rein, zog sich leise an, nahm eine Decke und seine Zigaretten und kletterte über die Außenleiter auf das Flachdach. Er würde jetzt sowieso nicht wieder einschlafen können. Er setzte sich in den Plastikstuhl mit der angebrochenen Sitzfläche, den er längst hatte entsorgen wollen. Der Himmel war aufgeklart, aber eine Wolke hatte sich vor den Mond geschoben. Die Türme der St.-Joseph-Kathedrale waren nur schemenhaft zu erkennen. Unten auf der Straße fuhr hin und wieder ein Motorrad vorbei. Obwohl es bald dämmern würde, krähte nirgends ein Hahn. Auch der letzte alte Vogel war zu *Tet* auf dem Altar gelandet. Ly dachte an den Jungen, der im Gefängniskrankenhaus gestorben war. Immerhin war sein Vater noch bei ihm gewesen.

Er zündete sich eine Zigarette an, rauchte und versuchte, seine Gedanken auf den Fall zu konzentrieren. Irgendetwas übersahen sie. Die Tote von der Baustelle – was hatten die Nachbarn über sie gesagt? Jeden Morgen sei sie zur Hoe-Nhai-Pagode gegangen. Wieso gerade die Hoe-Nhai-Pagode? Sie lag im Norden der Altstadt, noch hinter dem Wasserturm. Die Frau aber hatte südlich der Altstadt im ehemaligen französischen Viertel gewohnt. Dort gab es auch mehrere große Pagoden. Wieso war sie nicht in eine von denen gegangen? Wieso der weite Weg? Alle alten Frauen, die Ly kannte, seine Mutter eingeschlossen, scheuten weite Wege durch den dichten Stadtverkehr.

☆

Sobald es hell wurde, brach Ly zur Hoe-Nhai-Pagode auf. Er konnte sich nicht erinnern, sie je besucht zu haben. Er wusste nicht einmal, ob dort Mönche oder Nonnen lebten.

Die ersten Sonnenstrahlen fielen durch die Äste der Bäume. Es würde ein schöner Tag werden. Ly fuhr die Hang-Duong hoch. Noch waren kaum Motorräder unterwegs, und es war ruhig, obschon die Straße voller Menschen war. Sie joggten, übten Tai-Chi, stemmten Gewichte, spielten Badminton über Netze, die quer über die Gehwege gespannt waren. Vor dem Dong-Xuan-Markt hockten Landfrauen mit Körben voller frischem Gemüse, Fleisch und Fisch.

Hinter dem Wasserturm bog Ly links in die Hoe-Nhai-Gasse ein. Er konnte die Pagodenflaggen schon von weitem sehen. Bei den Frauen, die vor der Pagodenmauer Amulette, Räucherstäbchen und Chrysanthemen feilboten, stellte er seine Vespa ab. Gegen ein paar Dong würden sie aufpassen, dass sie nicht geklaut wurde.

Die Morgenzeremonie hatte bereits begonnen. Aus der Altarhalle drangen die tiefen Stimmen von Mönchen, die Sutren rezitierten. Die Frauen, die der Zeremonie beiwohnten, sangen das immergleiche »*nam mo a di da phat*«, Ehre sei Buddha. Zwei ältere Frauen in braunen Kitteln huschten noch schnell in die Halle. Sie hatten Räucherstäbchen, Orangen und in rotes Papier eingewickelte Zuckerhüte dabei. Geschenke für die Gunst aus der spirituellen Welt. Wie im Geschäftsleben galt auch hier die Devise, dass ein anständiger Profit zunächst einmal eine vernünftige Investition erforderte. Wenn sogar in der spirituellen Welt das Prinzip der Korruption herrschte, dachte Ly, durfte man sich eigentlich nicht wundern, dass es in der irdischen Welt nicht besser war.

In dem Backsteinofen auf dem Vorplatz brannte ein Opferfeuer, in der großen Bronzeschale vor den Stufen zur Altarhalle glimmten Dutzende Räucherstäbchen. Der beißende Qualm brannte Ly in den Augen.

Im hinteren Teil der Anlage fand er einen Mann, der damit beschäftigt war, Orchideen zu gießen, die in Töpfen in den Pappelfeigen hingen. Er war klein, kahlköpfig und in ein gelbes Mönchsgewand gehüllt. Ly ging auf ihn zu und stellte sich vor.

»Wie kann ich Ihnen behilflich sein?«, fragte der Mönch und stellte die Gießkanne neben sich auf dem Boden ab. Er hatte eine warme, erdige Stimme.

Ly zog ein Foto der Toten von der Baustelle hervor und zeigte es dem Mann. »Kennen Sie diese Frau? Sie soll oft hier gewesen sein.«

Der Mönch nickte. »Was ist mit ihr? Wir haben sie hier schon einige Tage nicht gesehen.«

Ly sagte, dass sie verstorben sei, woraufhin der Mönch seine Augen schloss und so leise, dass Ly die Worte nicht verstand, etwas vor sich hin murmelte. Dann sagte er an Ly gewandt: »Soweit ich weiß, hatte sie keine Verwandten, die sich jetzt noch um sie kümmern könnten. Wir würden das gerne übernehmen.«

Eine gute Idee, dachte Ly. Wenn die Frau schon zu Lebzeiten unausstehlich gewesen war, wie sollte es erst werden, wenn sie als hungernder Geist durch die Welt irrte. »Ich werde Ihnen ihre Geburtsdaten und ein Foto besorgen«, versprach Ly und fragte den Mönch, was er ihm über die Frau erzählen könne.

Der Gesang, der aus der Halle zu ihnen herüberdrang, wurde lauter. Ein Gong wurde geschlagen, erst langsam, dann immer schneller. »Sie war alleine«, sagte der Mönch und sah Ly nachdenklich an. »Und einsam, würde ich sagen. Sie kam täglich hierher.«

»Hatte Sie irgendwelche Kontakte in der Pagode? Vielleicht mit Frauen, die auch regelmäßig kamen?«

Der Mönch schob die Unterlippe vor und schüttelte den Kopf. »Ich würde eher sagen, sie hat sich von den anderen Frauen ferngehalten. Ich wüsste nicht, dass sie hier nähere Bekannte hatte.«

»Wie war sie so? Ihr Charakter, meine ich.«

»Für Charakterfragen sind wir hier nicht zuständig«, sagte der Mönch scharf, griff nach der Gießkanne und goss eine der Orchideen, bis das Wasser über den Rand des Topfes troff. »Allerdings gab es da …« Er unterbrach sich und zupfte braune Blätter von einer Orchidee.

»Was gab es da?«, fragte Ly.

Der Mönch schüttelte den Kopf. »Sie saß meist für sich, las in ihren Sutrenbüchern, manchmal auch einfach in einer Tageszeitung. Wissen Sie, zu uns kommen viele Frauen, die einsam sind.«

»Sie wollten doch gerade etwas anderes sagen«, hakte Ly nach. »Bitte, es ist wichtig.«

»Manchmal haben sich Männer zu ihr gesetzt.«

»Männer? Was für Männer?«

»Junge Männer. Typen, die sich sonst eher selten zu uns verlaufen.«

Ly sah den Mönch irritiert an.

»Wenn Sie mich fragen, diese jungen Kerle kamen extra hierher, um sie zu sprechen«, fügte der Mönch hinzu.

»Sie meinen, das war hier so etwas wie ein Treffpunkt?«

Der Mönch zuckte mit den Schultern.

»Sie haben sich nicht gewundert? Oder sie mal darauf angesprochen?«, fragte Ly.

»Hören Sie.« Die Augen des Mönches funkelten. »Wir sind hier eine Pagode. Keine Überwachungsanstalt.« Damit drehte er sich um und verschwand mit schnellen Schritten in einem der Wohngebäude. Ly sah ihm ratlos hinterher. Als er sich schließlich umdrehte, um die Pagode zu verlassen, zuckte er zusammen. Er blickte direkt in die Augen des blinden Wahrsagers. Der Mann stand kaum einen halben Meter vor ihm. »Was machen Sie denn hier?«, fragte Ly.

»Ich habe Sie gesucht«, sagte der Blinde.

»Hier? Wieso hier?« Hier war er doch sonst nie.

Um den Mund des blinden Wahrsagers huschte ein

Schmunzeln. »Sie wollten mir den Namen des toten Mädchens geben.«

Ly zog den Zettel aus der Jackentasche, auf dem Lan Familienname und Adresse des unter dem Banyan verunglückten Mädchens notiert hatte. »Soll ich es Ihnen vorlesen?«

»Nicht nötig.« Der Blinde griff nach dem Zettel und stopfte ihn sich in die Hosentasche. »Danke.«

»Ich hätte da noch eine Bitte«, sagte Ly.

Wieder huschte dem Blinden ein Lächeln um den Mund, so als hätte er schon um Lys Bitte gewusst. Ly schluckte. Dieser Mann würde ihm immer unheimlich bleiben. »Ich stecke in einer Ermittlung fest … Es gab mehrere Morde. Sie stehen im Zusammenhang. Eine der Toten ist oft hier in der Pagode gewesen. Ich dachte, also …« Ly stockte, er wusste selbst nicht, wieso es ihm so schwerfiel, die Frage auszusprechen. Vielleicht, weil er dann vor sich selbst zugeben musste, dass er doch an die Wahrsagerei des Blinden glaubte. »Könnten Sie Kontakt zu ihr aufnehmen? Ich muss wissen, wieso sie sterben musste. Oder ob sie etwas mit einem Dorf namens Tien Cong zu tun hatte.«

Der Blinde schüttelte den Kopf. »Ich kann keinen Kontakt zu Toten aufnehmen.«

»Sie sagen doch immer, Sie hören sie reden.«

»Ja. Ich kann ihnen zuhören. Aber keine Fragen stellen.«

Ly seufzte. »Würden Sie ihr dann vielleicht zuhören?«

»Wenn Sie die Frau meinen, die auf der Baustelle verblutet ist … Nein.«

Ly sah den Blinden ungläubig an. Woher wusste er …?

»Mit solchen Leuten möchte ich nichts zu tun haben«, unterbrach der Blinde Lys Gedanken. »Nicht einmal, wenn sie tot sind. Sie war die Schlimmste von allen. Wenn Sie etwas wissen wollen, fragen Sie in den dunklen Ecken. Aber nicht mich.«

☆

Ly setzte sich gegenüber der Pagode in eine Suppenküche und nahm das einzige Gericht, was im Angebot war: *bun doc mung*. Reisnudeln mit Schwein und Galadiumstengeln in einer würzigen Brühe. Neben ihm am Tisch saß eine junge Frau mit einer Handtasche auf dem Schoß, auf dem ein winziger dürrer Hund saß und von unten an ihrer Suppenschüssel leckte. Ly verdrehte die Augen, ein Schoßhündchen als Tischgefährte – da waren sie also schon angekommen. Mit den Stäbchen fischte er ein Stück Fleisch aus der Schale und kaute lange darauf herum. Das, was der Blinde gesagt hatte, ging ihm nicht aus dem Kopf. Die Tote von der Baustelle sollte die Schlimmste von allen gewesen sein. Ly überlegte, was er über die Frau wusste: Keiner hatte sie leiden können. Sie hatte 420 Millionen Dong unter ihrer Bodendiele versteckt gehabt und ihren Nachbarn gegenüber behauptet, sie könne ihre

Gas- und Stromrechnungen nicht begleichen. Und dann waren da die jungen Männer, die sie in der Pagode aufgesucht hatten.

Ly fuhr sich mit der Hand über die Augen. Mal angenommen, sie war in irgendwelche kriminellen Machenschaften verwickelt gewesen. Dann hat sie vielleicht die Pagode als Treffpunkt genutzt, so wie Männer Bierkneipen nutzten. Und angenommen, sie traf die Männer, um mit ihnen etwas zu besprechen, was niemand anderes erfahren sollte, dann würde es Sinn ergeben, dass sie täglich den weiten Weg bis zur Hoe-Nhai-Pagode auf sich genommen hatte. Dort kannte sie niemand, zumindest nicht näher, und das Risiko, zufällig einer Nachbarin über den Weg zu laufen, war gering. Die Frage war nur, weshalb suchten diese Männer sie in der Pagode auf? Und was hatte das alles mit Tien Cong und diesem Bauland zu tun?

Der Blinde hatte gesagt, Ly solle in den dunklen Ecken fragen, wenn er etwas wissen wolle. Ly seufzte. Er wusste jemanden, den er fragen konnte. Hai Au, den Wirt der Lotusbar. Er hatte den Ruf, in allen möglichen illegalen Geschäften seine Finger im Spiel zu haben. Ly kannte niemanden mit besseren Beziehungen zu den – wie der Blinde es genannt hatte – dunklen Ecken. Hin und wieder trank Ly mit Hai Au ein Bier. Auch wenn Hai Au eindeutig auf der anderen Seite des Gesetzes stand als Ly, war er Ly nicht unsympathisch. Dennoch war er niemand, bei dem Ly gerne in der Schuld stand. Aber jemand anderes, den er fragen konnte, fiel ihm gerade nicht ein. Er schob sich noch einen Galadiumstengel in den Mund, ließ die halbvolle Suppenschüssel stehen, stand auf und zahlte.

☆

In senkrecht angebrachten blauen Lettern stand »Lotusbar« an der Fassade des mehrstöckigen Neubaus. Die Tür zur Bar stand offen. Eine strenge Mischung aus kaltem Zigarettenrauch und Alkohol schlug Ly bis auf die Straße entgegen. Hai Au stand auf dem Gehweg und redete mit einem Mann, der den orangefarbenen Overall der staatlichen Stromgesellschaft *EVN* trug. Er hatte eine Hand in die Hüfte gestemmt, mit der anderen zeigte er auf den Strommast vor dem Haus, an dem kreuz und quer schwarze Kabelknäuel hingen. »Sie waren erst letzte Woche hier. Eine Million habe ich Ihnen gezahlt. Dafür kann ich doch wohl verlangen, dass ich mal ein paar Tage Strom habe.« Hai Au sprach laut. Es war nicht zu überhören, dass er wütend war.

»Diesmal ist eine andere Leitung durchgeschmort«, sagte der Elektriker ruhig.

»Dieser ganze Kabelsalat, es ist ja wohl Ihre Aufgabe, den in den Griff zu bekommen«, sagte Hai Au, woraufhin der Elektriker nur mit den Schultern zuckte. Sein Gesicht zeigte keine Regung. Er schien dem erneuten Stromausfall gegenüber vollkommen gleichgültig zu sein, und Hai Aus Wut gegenüber ebenfalls. Ein zweiter Elektriker, fast noch ein Teenager, stand etwas abseits, trat von einem Bein auf das andere und starrte auf seine Füße.

»Wirklich, ich habe langsam keine Lust mehr«, sagte Hai Au. »Ich werde Ihren Vorgesetzten anrufen.«

Der Elektriker zog demonstrativ den Schlüssel seines Motorrads aus der Tasche. »Kein Problem. Ich lasse Sie auf die reguläre Warteliste setzen. In spätestens zwei Wochen wird ein Kollege bei Ihnen vorbeischauen.«

Ly konnte sehen, wie Hai Au die Zähne aufeinanderbiss und tief durchatmete. Sein T-Shirt spannte eng über seinem muskulösen Oberkörper. Er fasste in seine Hosentasche, zog ein dickes Bündel Geldscheine heraus und zählte mehrere Hunderttausend-Dong-Scheine ab.

Der Elektriker nahm das Geld, schob es in die Brusttasche seines Overalls und machte seinem jungen Kollegen ein Zeichen, seine Arbeit zu tun. Geschickt kletterte der Junge die am Strommast eingelassenen Sprossen hoch, bis Ly nur noch seine Beine sehen konnte. Kopf und Oberkörper waren zwischen den dicken Bündeln schwarzer Kabel verschwunden.

Hai Au beugte sich vor, spuckte aus und stapfte mit geballten Fäusten zurück zu seiner Bar. Jetzt erst sah er Ly. Im Vorbeigehen klopfte er ihm auf die Schulter. »Kommissar, du hier? Komm rein.«

Ly folgte ihm.

Die Fenster der Lotusbar waren von innen mit dunkler Folie abgeklebt. Auf dem Tresen standen zwei Kerzen, die den Raum in ein schummriges Licht tauchten. Die Schlangen und Geckos in den bauchigen Schnapsflaschen auf den Regalbrettern an der Wand hinter der Theke schimmerten rötlich. Es hatte fast etwas Gespenstisches. Ly lauschte, ob er vielleicht ein Fauchen oder Schnaufen hörte. Bei seinem ersten Besuch in der Lotusbar hatte ein Krokodil ihn vollkommen unerwartet mit seinem kräftigen Schwanz am Unterschenkel getroffen. Er hatte kaum gewagt zu atmen, bis er sah, dass dem Tier mit Klebeband das Maul verschlossen war. Und auch dann war ihm nicht wohl gewesen.

Hai Au griff zwei Gläser und schenkte aus einer Thermoskanne Kaffee ein. »Diese elende Korruption«, schimpfte er. »Ich sag dir, Ly, unser Land geht den Bach runter. Jetzt gibt es nicht mal mehr Strom, ohne dass ich wöchentlich irgendwelche Elektriker schmiere. Das wird doch immer verrückter. Alle wollen sie Geld. Lehrer, Professoren, Krankenschwestern …«

»Da bist du gerade der Richtige, sich zu beschweren«, sagte Ly und nahm einen großen Schluck aus der Tasse. Er rang nach Atem. Der Kaffee war mindestens zur Hälfte mit Schnaps aufgefüllt.

»Das ist was anderes«, sagte Hai Au. »Ich stehe auch nicht für Recht und Ordnung. Oder arbeite ich für den Staat? Ich bin ja nicht mal in der Partei.«

»Arbeiten wir nicht alle für den Staat?« Ly grinste.

»Ach, hör mir auf. Einer meiner Söhne ist jetzt wirklich da gelandet. Er macht eine Ausbildung beim Flughafenzoll. Zehntausend US-Dollar hat mich die Stelle gekostet. Und weißt du, was er da lernt: sich schmieren zu lassen. Ist ja das Einzige, was er können muss – schließlich will sein Chef seinen Anteil abhaben.«

»Du kannst es dir doch leisten«, sagte Ly.

»Jaja. Trotzdem, darum geht es hier nicht.« Hai Au schenkte aus der Thermoskanne nach. »Und du? Ist deine Suspendierung aufgehoben?«

»Wie kommst du jetzt darauf?«

Hai Au lachte ein kratziges Lachen, das sogleich in ein Husten überging. »Du wirkst angespannt.«

»Du merkst auch alles«, sagte Ly. »Ja. Ich brauche ein paar Informationen. Zu einer Frau.«

»Hübsch?«

»Alt.«

»Alte Frauen sind ja nun nicht gerade mein Metier«, sagte Hai Au und lachte wieder, gefolgt von einem erneuten Hustenanfall.

Ly holte das Foto der Toten von der Baustelle aus der Tasche und schob es Hai Au über den Tresen zu. »Sie heißt Nguyen Thi Thu. Sie wurde wahrscheinlich ermordet, und es sieht so aus, als stehe ihr Tod in Zusammenhang mit zwei weiteren Morden.« Ly gab Hai Au die wichtigsten Details. Auch das, was der Blinde über die Frau gesagt hatte.

Hai Au setzte eine Lesebrille auf und nahm das Bild in die Hand. »Keine der Guten, was?«, sagte er.

»Ich habe keine Ahnung, wirklich. Sie muss ein zänkischer alter Drachen gewesen sein, aber das heißt ja noch nichts.«

»Ich höre mich um«, sagte Hai Au. Über ihnen flackerten die Neonröhren mit einem Surren auf. Ly blinzelte, so hell war es mit einem Mal. Von draußen hörten sie laute Rufe, ein Zischen wie von einem Schweißbrenner, einen Knall. Dann war es wieder dunkel. »Diese Schweinehunde«, schimpfte Hai Au. »Gleich kommen sie und wollen noch mehr Geld für ihre Unfähigkeit.«

Als Ly aus der Lotusbar trat, war ihm schwindlig. Der Alkohol im Kaffee war so früh am Tag eindeutig zu viel des Guten gewesen. Auf dem Weg ins Präsidium hielt er an einem Straßencafé. Auf dem Kühlschrank, der mitten auf dem Gehweg stand, saß ein kleinkindgroßer Teddybär mit einem pinkfarbenen Hirschgeweih auf dem Kopf, das unentwegt blinkte. Ly trank eine Cola und wartete, bis die Wirkung des Alkohols etwas nachließ. Einem Straßenjungen kaufte er eine Packung Kaugummis ab. Er mochte eigentlich keine Kaugummis, wollte sich aber gleich im Büro keine Kommentare wegen seiner Schnapsfahne so früh am Morgen anhören müssen.

☆

Den Rest des Tages verbrachte Ly im Präsidium. Er musste einen vorläufigen Bericht schreiben. Mehrmals zerknüllte er das Papier und fing von vorne an. Wie er diesen Schreibkram hasste. Es war eine einzige Zeitverschwendung. Und dann war für fünfzehn Uhr auch noch eine Sondersitzung angesetzt. Normalerweise tat Ly alles, um diese polizeiinternen *mit tinhs* zu umgehen. Aber jetzt, wo Parteikommissar Hung ihm gegenüber ausnahmsweise einmal milde gestimmt war, wollte er die Gunst seines Chefs nicht aufs Spiel setzen.

Die Sitzung sollte im Konferenzsaal Nummer eins stattfinden. Ly war etwas zu früh. Er schaltete das Licht an und setzte sich auf einen der Holzstühle, die um den langen Tisch standen. Es roch muffig, und Staub hing in der Luft. Über der goldfarbenen Gipsbüste Ho Chi Minhs, die auf einem Sockel vor der Wand stand, war ein rotes Spruchband angebracht: »Die Kommunistische Partei Vietnams auf ewig ruhmreich«.

Pünktlich um drei füllte sich der Raum. Parteikommissar Hung leitete die Sitzung und begann mit einer seiner üblichen Reden über Marxismus-Leninismus, den Kampf der vietnamesischen Nation für Unabhängigkeit und Freiheit und den Aufbau des Sozialismus.

Ngoc, Lys Schwager und Leiter der Sitte, kam zu spät und zwängte sich auf den freien Platz neben Ly. »Diese Frau aus der Karaokebar«, flüsterte er Ly zu. »Die Mädchen haben gegen sie ausgesagt. Die sieht so schnell nicht wieder den blauen Himmel.«

Immerhin mal eine gute Nachricht, dachte Ly.

Nach einer gefühlten Ewigkeit ging Parteikommissar Hung zum eigentlichen Thema der Sitzung über: die neue Kampagne gegen Korruption. »Der Kampf gegen Korruption und Verschwendung hat höchste Priorität. Aber es wird eine langwierige und komplizierte Aufgabe für die Partei ... Wir müssen Entschlossenheit demonstrieren, Selbstkritik üben ... Ihre Aufgabe ist es, die Gesetzeskraft zu stärken. Ho Chi Minh ...«, sagte Parteikommissar Hung mit erhobenem Zeigefinger, »... Ho Chi Minh hat einmal gesagt, das Wetter hat vier Jahreszeiten. Die Erde hat vier Himmelsrichtungen. Der Mensch hat vier Tugenden: Fleiß, Sparsamkeit, Integrität und Rechtschaffenheit. Wenn eine Jahreszeit fehlt, ist das kein Wetter. Wenn eine Himmelsrichtung fehlt, ist das keine Erde. Wenn eine Tugend fehlt, ist das kein Mensch.«

Ly schielte alle paar Minuten auf die Uhr. Er hatte wirklich Besseres zu tun, als sich diese Floskeln anzuhören. Auch die anderen rutschten auf ihren unbequemen Stühlen hin und her. Draußen dämmerte es schon und Ly fürchtete, nun wirklich zu spät zum Abschiedsessen mit seiner Familie zu kommen. Kurz nach halb sechs beendete Parteikommissar Hung endlich die Sitzung. Ly war schon fast aus dem Raum, als sein Chef ihn zurückrief. Er wollte von ihm wissen, wie weit er in seiner Ermittlung gegen Big Jim sei.

Ly räusperte sich. »Mit allem Respekt, Parteikommissar Hung. Es ist zu früh, von einer Ermittlung gegen Big Jim zu sprechen. Es ist noch gar nicht sicher, dass Big Jim in die drei Morde verwickelt ist.«

»Sie haben mir doch gesagt, dieser Mann ist hochgradig korrupt. Sammeln Sie mehr Beweise, und wir stellen ihn vor Gericht. Wir werden ein Exempel statuieren. Diese Dorfkader dürfen nicht mehr einfach tun und lassen, was ihnen gefällt.«

Ly stöhnte innerlich auf. Darum ging es also jetzt. Es sollte ein öffentlichkeitswirksamer Schlag gegen Korruption werden. Das machte sich immer gut. »Was ist mit der Mordermittlung?«

»Genosse Ly«, sagte Parteikommissar Hung. »Setzen Sie alles daran, dass Sie diesen Kerl festsetzen. Egal wie.«

Ly nickte. Es brachte nichts, jetzt mit seinem Chef zu diskutieren. Das wusste er nur allzu gut. Außerdem war es bald sechs Uhr. Wenn er heute Abend zu spät kam, würde Thuy sich nur wieder bestätigt fühlen.

☆

Ly passte Thuy und die Kinder gerade noch zu Hause ab. Sie saßen bei seiner Mutter unten am Kiosk und waren dabei, sich ihre Jacken anzuziehen. »Ich dachte schon, du kommst nicht«, sagte Thuy zur Begrüßung, stand auf und schob ihre Honda auf die Straße. Ly verbiss sich einen Kommentar. Am liebsten hätte er Thuy jetzt einfach stehengelassen und wäre bei Minh ein Bier trinken gegangen, aber das konnte er den Kindern nicht antun.

»Na dann, fahren wir«, sagte er mit aufgesetzter

Fröhlichkeit. Huong setzte sich bei ihm auf die Vespa, Duc fuhr bei Thuy mit. Es war dichter Berufsverkehr. Die Luft schimmerte bläulich und roch nach Abgasen. Die Lichter der entgegenkommenden Fahrzeuge blendeten. Motorräder und Autos kämpften um jeden Zentimeter. Auf einer Kreuzung drängte sich ein Jugendlicher mit einer aufgemotzten Yamaha so dicht an Ly vorbei, dass er fast Lys Lenker mitriss. »*Mu a! Nha que!*« – Bist du blind! Dorftrottel! – brüllte Ly dem Jugendlichen hinterher. Doch der hörte ihn schon nicht mehr.

Vor den Bahngleisen in der Tran-Phu staute sich der Verkehr. Die Rollschranken waren vor die Gleise geschoben, ohne dass ein Zug in Sicht war. Ly kam direkt hinter einem Bus zum Stehen, aus dessen Auspuff schwarzer Qualm quoll. Er hielt sich eine Hand über den Mund. Huong vergrub ihr Gesicht in seiner Jacke. Während sie noch auf den Zug warteten, klingelte Lys Telefon. Es war Manh, der Polizeichef von Tien Cong.

»Wir müssen uns treffen. Jetzt sofort«, schrie Manh in den Hörer. »In zehn Minuten bin ich im Präsidium.«

»Ich kann jetzt nicht«, sagte Ly. Was dachte dieser Kerl sich eigentlich? Erst wollte er nichts mit ihm zu tun haben, und jetzt sollte Ly springen.

»Dann nehmen Sie sich verdammt noch mal Zeit!« Manh brüllte, trotzdem konnte Ly ihn kaum noch verstehen. Dumpf dröhnte das Hupen des Zuges. Die Lokomotive tauchte zwischen den engen Häuserzeilen auf. Manhs nächste Worte drangen nur bruchstückhaft zu Ly durch. »... einen Kranz ... im Haus ... heu...« Der Motor der Diesellok hämmerte. Die Räder der Lastwaggons ratterten mit lautem, metallischem Klappern über die Schienen.

»Was sagen Sie da?« Jetzt schrie auch Ly. Hatte Manh gerade wirklich gesagt, er habe einen Kranz bekommen? »Manh, ich kann Sie nicht hören.«

Zum Glück war der Zug nicht lang. Die letzten Waggons rollten bereits vor Ly über die Straße, und die Bahnwärterinnen schoben die Schranken beiseite. Sofort setzten die Fahrzeuge um Ly herum sich in Bewegung.

»Ich will Personenschutz!«, schrie Manh. Ly meinte Panik aus seiner Stimme zu hören, auch wenn Manh sie mit dem barschen Tonfall, den er anschlug, ganz gut verbarg.

»Sie haben einen Totenkranz bekommen?«, fragte Ly nach.

»Ja! Er lag vor meiner Haustür. Vorhin.«

Ly fluchte. »Fahren Sie nach Hause. Ich schicke Ihnen einen Streifenwagen.«

»Nein. Ich bin schon fast in Hanoi.«

Hinter Ly hupte ein Auto. Die Motorräder fuhren im engen Kreis um ihn herum. Er sah Thuy vor sich über die Gleise fahren. Er konnte jetzt nicht umkehren, ins Präsidium fahren und ihr Abschiedsessen absagen. Das würde Thuy ihm nie verzeihen. Und die

Kinder auch nicht. »Warten Sie im Präsidium«, sagte Ly. »Ich komme. Es wird allerdings noch etwas dauern.«

☆

Das Indochine befand sich in einer Kolonialvilla unweit des Ho-Chi-Minh-Mausoleums. Thuy und Duc waren vor ihnen da und warteten bereits in der Auffahrt. Ly parkte seine Vespa zwischen zwei dunklen Limousinen, und gemeinsam gingen sie durch den Garten zum Haus. Es roch nach feuchtem Gras. In den Ästen der alten Afrikanischen Mahagonibäume hingen rote Lampions, in denen Kerzen brannten.

Ly drückte die Restauranttür auf, und sie traten ein. Der Gastraum war groß, mit hohen stuckbesetzten Decken. Die Tische waren mit weißen Stoffdecken und grünem Porzellan eingedeckt. Obwohl fast alle Tische besetzt waren, war es ungewöhnlich ruhig. Es lief keine Musik, und die Gäste, von denen mindestens die Hälfte Ausländer waren, redeten gedämpft.

Ly fühlte sich in so gediegener Umgebung fehl am Platz. »Hätten wir nicht einfach zu Minh ins *bia hoi* gehen können?«, flüsterte er, verstummte aber sofort, als Huong ihm mit dem Ellenbogen in die Rippen stieß.

Ein weiß livrierter Kellner nahm ihnen ihre Jacken ab, ein zweiter Kellner führte sie zu ihrem Tisch. »Darf ich Ihnen schon etwas zu trinken bringen?«, fragte er.

»Cola. Mit Eis und Strohhalm«, sagte Duc so laut, dass einige der Gäste zu ihnen herüberschauten.

»Ich nehme einen Apfelsaft«, sagte Huong.

»Halt, stopp! Dieses gespritzte Zeugs bestellst du mir nicht.« Thuy schüttelte den Kopf. »Die Äpfel kommen alle aus China.«

»Mama«, sagte Huong mit Nachdruck.

Thuy hatte die Lippen geschürzt und sagte an den Kellner gewandt: »Meine Kinder trinken beide Cola. Und für meinen Mann und mich bringen Sie bitte *Hanoi*-Bier.«

Ly biss die Zähne aufeinander. Er hasste es, wenn Thuy, ohne ihn zu fragen, für ihn bestellte. Aber das mit dem Fragen hatte sie sich ja sowieso abgewöhnt.

Thuy nahm die einzige Speisekarte, die auf dem Tisch lag, und studierte sie eingehend. Duc griff sich das iPhone seiner Mutter und startete *Angry Birds*. Als das bösartige Lachen der feindlichen Schweine in voller Lautstärke ertönte, schnalzte ein Ausländer am Nebentisch mit der Zunge und tuschelte mit seiner Frau. »Ton aus«, zischte Thuy.

Huong stützte ihre Ellenbogen auf den Tisch und legte ihren Kopf in die Hände. Ly trat ihr unter dem Tisch leicht gegen das Schienbein und deutete ein Kopfschütteln an. Mit einem Murren setzte sie sich wieder aufrecht hin, die Arme vor der Brust verschränkt. Der Abend fing ja gut an, dachte Ly und schielte auf die Uhr. Aber ewig würde er sowieso nicht bleiben. Dass

Manh nun auch einen Kranz erhalten hatte, machte ihn zunehmend nervös. Er wollte so schnell wie möglich mit ihm sprechen. Vielleicht wusste er etwas, das Ly endlich weiterbringen würde. Oder war der Totenkranz in diesem Fall nur ein Ablenkungsmanöver? Aber Manh hatte sich ehrlich panisch angehört.

»Kommissar Ly, Sie hier?«, sagte plötzlich jemand hinter ihm. Eine Frau war an ihren Tisch getreten. Auf der Brusttasche ihrer Bluse war das Logo des Restaurants eingewebt, die marineblaue Farbe ihres Kostüms hob sie allerdings von den weiß gekleideten Kellnern ab. Es war Frau Mai, die Gattin des Kloimporteurs.

»Sie arbeiten hier?«, fragte Ly.

Frau Mai lächelte. »Sind Sie so überrascht, weil ich hier arbeite oder weil ich überhaupt arbeite?«

Ly merkte, wie er rot wurde. »Beides vermutlich«, murmelte er.

Sie lachte leise auf. »Darf ich Ihnen etwas empfehlen? Nehmen Sie die Feldkrabben. Sie sind knusprig frittiert, mit Betelblättern und etwas Chili.«

»Das hört sich gut an«, sagte Ly.

»Und wie wäre es mit gegrilltem Drachenfisch? Es ist die Spezialität unseres Hauses. Dazu passt ein Salat aus Wasserkresse und Tomaten.«

Ly nickte und sah zu Thuy hinüber, die verkrampft lächelte.

»Ich werde Ihnen dazu eine Karaffe von unserem Wein aus schwarzem Bergreis bringen. Das geht aufs Haus.« Sie wandte sich ab und war schon fast aus dem

Raum, als Ly aufsprang und ihr hinterhereilte. »Warten Sie.«

Frau Mai sah ihn an, und ihre Augen huschten durch den Raum. Aber keiner der Gäste schien von ihnen Notiz genommen zu haben.

»Die Besuchserlaubnis für das Gefängnis«, sagte er leise. »Morgen sollte ich sie haben. Sie können sie im Präsidium abholen.«

»Danke«, sagte Frau Mai. »Ich habe schon mit meinem Mann darüber gesprochen. Er unterstützt meine Idee, diesem Bauern seine Parzellen zurückzugeben, für das Kinderheim bleibt dann immer noch genug Land.« Sie machte eine Pause, bevor sie hinzufügte: »Und vielleicht können wir ja auch noch etwas für den Jungen tun. Es soll neue Therapien geben, und Medikamente.«

»Deshalb wollte ich noch mit Ihnen sprechen.« Ly räusperte sich. Frau Mai stand so nah bei ihm, dass er spüren konnte, wie sie atmete. »Ich muss Ihnen leider sagen, dass der Junge gestorben ist.«

Frau Mai biss sich auf die Unterlippe. »Das, das tut mir leid«, stammelte sie und eilte ohne ein weiteres Wort aus dem Gastraum.

»Wer ist die Frau?«, fragte Thuy, als Ly sich wieder gesetzt hatte.

»Niemand Wichtiges.«

»Niemand Wichtiges?« Thuy klang gereizt.

Ein Kellner brachte die Feldkrabben. Ly nahm sich eine. Sie war heiß und knackte zwischen den Zähnen.

»Also, woher kennst du die Frau?«, hakte Thuy nach.

»Sie hat was mit meiner Ermittlung zu tun«, sagte Ly.

»Du schienst mir aber eben ziemlich vertraut mit ihr.«

»Was soll die Eifersucht?« Ly merkte, wie die Wut in ihm aufwallte. »Du gehst doch sowieso.«

Thuy sah Ly kühl an. »Sie ist hübsch.«

»Hör auf«, sagte Ly.

»Vielleicht sollte ich mich auch operieren ... ich meine, diese Augen. Was meinst du, Huong?«

Huong hatte die Stirn in Falten gelegt. »Müsst ihr euch schon wieder streiten?«

»Wir streiten nicht«, sagte Thuy spitz und schob eine Haarsträhne hinter ihr Ohr.

»Natürlich streiten wir. Wir streiten immer.« Ly zerknüllte seine Serviette und warf sie in sein Essschälchen. »Ich muss ins Präsidium.«

Thuys Augen funkelten zornig. »Das glaub ich jetzt nicht.«

»Papa, bleib. Bitte.« Huong sah ihn flehend an. Duc spielte weiter auf dem Telefon und tat so, als bekäme er nichts mit.

»Tut mir leid, Schatz«, sagte Ly an seine Tochter gewandt.

Er stand auf, riss seine Jacke vom Kleiderhaken neben dem Eingang und verließ, ohne sich noch einmal umzudrehen, das Restaurant. Vor der Tür blieb er stehen und atmete tief durch. Er hatte es mal wieder vermasselt. Aber Thuy hatte ihm mit ihrer Streitlust wirklich jegliches Vergnügen an dem Abendessen genommen. Und die Sache mit Manh ließ ihm auch keine Ruhe.

Er zündete sich eine *Thang Long* an und ging durch den Garten zurück zu seiner Vespa. In der offenen Tür eines Geländewagens, der in der Auffahrt parkte, lehnte Frau Mai. Sie hatte ihm den Rücken zugewandt und rauchte. Am Spiegel ihres Wagens baumelte ein rosafarbener Teddy. Der durchdringende Geruch eines Vanillebäumchens hing in der Luft und mischte sich mit dem von Frau Mais Mentholzigarette. Ohne dass Frau Mai ihn bemerkte, ging Ly an ihr vorbei. Er wollte jetzt nicht erklären müssen, weshalb er das Restaurant schon wieder verließ. Und er wollte sich auch nicht weiter über den toten Jungen unterhalten. Er musste so schnell wie möglich ins Präsidium.

☆

Im Präsidium stellte Ly seine Vespa gleich vorne beim Pförtner ab. Der alte Mann trat aus dem Häuschen und rieb sich die kalten Hände. »Sie haben Besuch. Ein Kollege. Er sagte, Sie wissen, dass er kommt. Ich habe ihm gesagt, er soll seinen Wagen im Hof parken und dann oben in Ihrem Büro warten. Bei der Kälte. Ich dachte, das ist in Ordnung.«

»Ja, sicher«, sagte Ly. Er eilte ins Gebäude und die

Treppen hinauf. Er konnte es kaum noch erwarten, mit Manh zu sprechen. Vielleicht würde eine Aussage von ihm endlich den Durchbruch in der Ermittlung bedeuten. Doch im Gebäude war alles dunkel und still. Das einzige Geräusch waren Lys Schritte auf dem Steinboden. Er öffnete die Tür zu seinem Büro, in dem aber auch kein Licht brannte. »Manh!«, rief er. »Manh, sind Sie hier?«

Keine Antwort.

Wo war der Kerl? Ly trat ans Fenster und sah hinaus. Zwischen den Wagen der Fahrbereitschaft, die im Hinterhof geparkt waren, stand ein schwarzer BMW. Das ist auf jeden Fall kein Polizeiwagen, dachte Ly, rannte nach unten und durch die Hintertür in den Hof.

Der Motor des BMW lief. Hinter dem Steuer saß ein Mann. Auf die Entfernung konnte Ly ihn nicht erkennen, aber als er näher kam, sah er, dass es Manh war. Er hatte den Kopf in den Nacken gelegt und die Augen geschlossen. Ly klopfte gegen die Scheibe der Fahrertür. Als Manh nicht reagierte, öffnete er die Tür.

Die Innenbeleuchtung sprang an, Heizungsluft schlug Ly entgegen, es roch nach Erbrochenem. Manhs schwerer Körper kippte Ly entgegen. »Verdammt«, schrie Ly und stemmte sich gegen Manh, damit er nicht ungebremst auf den Boden aufschlug. Jetzt, im Schein der Innenbeleuchtung, erkannte er, dass Manhs Gesicht wie eine wächserne Maske aussah. Er tastete Manhs Hals nach einem Puls ab, aber da war nichts. Aus dem Augenwinkel nahm er eine Bewegung wahr. Ein Gebänderter Krait glitt gleich neben seinen Füßen aus dem Wagen. Mit sinen breiten gelben und schwarzen Streifen war er unverkennbar. Ly wagte kaum zu atmen. Er wusste, wie gefährlich sein Biss war. Manhs Körper drückte immer schwerer gegen Lys Hände. Aber Ly wagte nicht, sich zu rühren. Aus dem Wageninneren kam ein Zischen. Zum Himmel, dachte er, da war noch eine Schlange. Jetzt überlegte er nicht mehr lange. Er stieß Manhs Körper zurück auf den Sitz und schlug die Tür zu. Langsam, Schritt für Schritt, entfernte er sich rückwärts vom Wagen. Der Krait, der aus dem Wagen geglitten war, konnte er nirgends entdecken. Aber die Vorstellung, dass er hier irgendwo lauerte, machte ihm Angst. Er hasste Schlangen, außer sie waren in Schnaps eingelegt. Sobald er die Stufen zum Präsidium erreicht hatte, zündete er sich mit zittrigen Fingern eine *Thang Long* an. Er hoffte, der Zigarettenrauch hielt das Tier fern. Er rief einen Notarzt und ließ über die Polizeizentrale einen Kammerjäger bestellen. Er haderte kurz mit sich, ob er noch einmal nach Manh sehen sollte. Aber er hatte keinen Puls gefühlt. Manh lebte sicher nicht mehr. Und da waren die Schlangen. Hätte er sich nur sofort mit Manh getroffen. Ly musste daran denken, was der Bauer im Gefängnis zu ihm gesagt hatte: Wenn er der Mörder wäre, würde er Manh umbringen. Nun war Manh tot.

☆

Nach kaum zehn Minuten traf der Notarzt ein. Aber auch er traute sich nicht an Manh heran, nachdem Ly ihm gesagt hatte, dass vermutlich noch eine Schlange im Wagen war.

Sie setzten sich auf die oberste Stufe zum Hintereingang des Präsidiums, in sicherem Abstand zum Wagen, rauchten und warteten. Nach der dritten Zigarette tauchte endlich der Kammerjäger auf. Ly fand ihn für diesen Job beunruhigend jung; zwanzig, wenn überhaupt. In seine schwarzen Haare waren weiße Strähnchen gebleicht, der Pony hing lang in seine Augen.

Mit mulmigem Gefühl sah Ly zu, wie er die Beifahrertür des Wagens öffnete und eine lange Stange, an deren Ende sich eine Schlinge befand, zwischen die Sitze schob. Er drehte die Stange leicht und zog sie wieder heraus. In der Schlinge hing ein Krait, dessen langer Körper sich hin und her wand. Der Junge hatte die Schlange mit der Schlinge so am Kopf gefasst, dass sie mit ihrem Maul nicht an ihn herankam. Auf dieselbe Art holte er noch eine zweite Schlange, die sich, wie er sagte, gut versteckt im Fußraum unter den Sitzen eingerollt hatte, aus dem Fahrzeug. Nachdem er noch eine Weile mit der Stange im Wageninneren herumgestochert hatte, drückte er die Metallkiste, in die er die Schlangen gesteckt hatte, zu. »Das war's«, sagte er und schlug mit der Hand auf die Kiste.

Der Notarzt, der jetzt endlich Manh untersuchen konnte, stellte seinen Tod fest. »Wie lange hat man noch nach dem Biss so eines Krait?«, fragte Ly, der sich schon die ganze Zeit fragte, warum Manh nicht ausgestiegen war. Er selbst wäre sofort aus dem Wagen gesprungen und hätte Hilfe gerufen.

»Das ist schwer zu sagen. Die Lähmung der Atemmuskulatur kann schon nach dreißig Minuten eintreten, oder auch erst nach Stunden. Ganz nach Konstitution«, sagte der Arzt. »Aber der Mann hier wurde gleich zweimal gebissen. Beide Male am linken Unterarm. Es ist gut möglich, dass es bei der hohen Giftdosis, die die Tiere da in seinen Körper gepumpt haben, sehr schnell ging.«

»Diese Kraits sind ganz gemeine Viecher«, sagte der Kammerjäger und schob die Kiste mit den Schlangen in den Kofferraum seines Kleinlasters. »Ich sag Ihnen, manchmal merken Sie nicht mal, dass Sie gebissen wurden. Ist fast wie ein Mückenstich. Und dann …« Er fasste sich mit der Hand an die Gurgel, warf den Kopf zurück und verdrehte die Augen.

Ly stöhnte auf. Was für ein Typ, aber vielleicht musste man so sein, wenn man mit dem Einfangen giftiger Tiere seinen Lebensunterhalt verdiente.

»Nachts sind die Kraits besonders aggressiv«, fuhr der Kammerjäger fort, während er sich den Pony mit Spuke glatt strich. »Lassen Sie nie Ihre Wagentür offen stehen! Schon gar nicht, wenn Sie neben einer Bambushecke parken. Da drin leben diese Viecher.« Er hatte seine Stimme gesenkt und zog die Wörter in die Länge, als würde er den Vorspann für einen Horrorfilm einsprechen. »Dann fahren Sie los, nichts ahnend, und … schnapp.«

»Sie meinen also, die Schlangen sind in den Wagen gekrochen, als die Tür offen stand?«, fragte Ly.

»Nein, das meine ich nicht«, sagte der Kammerjäger und klang fast etwas beleidigt.

»Sondern?«

»Haben Sie mal aufs Thermometer geschaut? Bei den Temperaturen der letzten Tage, da bewegen sich die Schlangen nicht viel. Wenn überhaupt noch. Und dann gleich drei Tiere in einem Wagen? Nein.« Er schüttelte heftig den Kopf. »Ich würde sagen, da hat jemand nachgeholfen. Und wenn Ihr Freund da …« Der Kammerjäger deutete mit dem Kinn auf Manhs Leichnam, und Ly verkniff es sich gerade noch, zu sagen, dass Manh nicht sein Freund gewesen war. »Wenn er die Heizung nicht so hochgedreht hätte, dann wäre vielleicht nichts passiert. Aber so wurden die lieben Tierchen schön warm und beweglich.«

☆

In dieser Nacht fuhr Ly nicht mehr nach Hause. Sicherlich würde Thuy auf ihn warten. Ihm war klar, er musste sich mit ihr aussprechen, bevor sie übermorgen nach Singapur flog. Aber ganz sicher nicht mehr heute Nacht. Er ging nach oben in sein Büro, legte sich aufs Sofa und schlief sofort ein.

☆

Als er das erste Mal aufwachte, war es draußen noch stockdunkel. Er fröstelte. Die Wolldecke war auf den Boden gerutscht. Er zog sie wieder hoch und lag einfach nur da und starrte ins Dunkel. Er war unruhig. Er hatte geträumt, und der Traum hatte ein ungutes Gefühl in ihm zurückgelassen. Er rieb sich mit den Fingern über die Schläfen, versuchte sich zu erinnern. Was war es gewesen? Er war gerannt, wie so oft in seinen Träumen. Er war in einem Dorf gewesen … alles war grün … Bambushecken … er hatte nichts gesehen … Schatten und Nebel …

Mit einem Seufzen drehte er sich auf dem Sofa um und zog die Decke bis zum Kinn hoch. Er bekam den Traum nicht mehr zusammen. Aber es war sicher sowieso nur ein irrationales Wirrwarr gewesen. Er dachte an Manh. Die Vorstellung, mit drei Schlangen in einem Wagen eingesperrt zu sein, quälte ihn. Wieso war Manh nicht ausgestiegen? Drei Schlangen waren um ihn herumgeglitten. Das musste man doch bemerken. Während Ly noch darüber nachdachte, schlief er wieder ein.

Das Klingeln seines Handys riss ihn erneut aus dem Schlaf. Mittlerweile dämmerte es. Er sah auf das Display des Telefons. Es war kurz vor sechs, der Anrufer war Hai Au. Wahrscheinlich stand er immer noch hinter dem Tresen. Seine Bar war bekannt dafür, sich nicht an Sperrstunden zu halten.

»Ja?«, sagte Ly verschlafen.

»Ich hab was für dich. Die alte Frau war Waffenhändlerin.«

Ly setzte sich mit einem Ruck auf. »Die Tote von der Baustelle? Waffenhändlerin?«

»Traut man so einer alten Frau nicht zu, was?« Hai Au lachte sein hustendes Lachen und erzählte Ly, was er in Erfahrung gebracht hatte. Nguyen Thi Thu hatte tagtäglich in der Hoe-Nhai-Pagode gesessen, was in bestimmten Kreisen bekannt gewesen war. Wollte jemand eine Waffe kaufen, war er zu ihr gegangen und hatte bestellt. Die Bestellungen hatte sie dann an die weitergeleitet, die letztendlich den Handel abschlossen. So hatte sie die Deals vermittelt, ohne selbst je eine Waffe anzufassen. Sie war keine große Händlerin gewesen, aber doch gut im Geschäft.

»Ich glaub es nicht«, murmelte Ly. Auf die Idee, sie könnte mit Waffen gehandelt haben, wäre er im Leben nicht gekommen.

»Das ist noch nicht alles«, sagte Hai Au. »Sie war eine alte gebrechliche Frau. Und noch dazu saß sie immer in der Pagode. Die Leute haben ihr vertraut. Sie haben ihr anscheinend oft eine Menge erzählt.« Die Informationen, die sie ihren Kunden entlockte, soll sie an die Gegenseite verkauft haben. »Die Alte hat die Leute gegeneinander ausgespielt. Ziemlich gerissen.« Hai Au lachte wieder. Er schien das alles sehr amüsant zu finden.

Ly spürte, wie ihm der Schweiß auf die Stirn trat. Hatte sie dem Bauern die Waffen verkauft? Er hatte ja wohl kaum seit dem Krieg heimlich Waffen und Sprengstoff in seinem Haus gelagert. Konnte das die Verbindung nach Tien Cong sein? Es würde einiges erklären. Dann war sie es gewesen, die die Polizei gewarnt hatte. Deshalb waren Manh und seine Leute so gut ausgerüstet zu dieser Landnahme angerückt. Aber wenn die Theorie stimmte, dachte Ly, musste Bui Dai die Tote von der Baustelle gekannt haben. Dann muss er bei ihr in der Hoe-Nhai-Pagode gewesen sein, um den Waffenhandel abzuschließen. Wieso aber hatte er es Ly gegenüber nicht zugegeben?

Ly stand auf und zog sich an. Am Waschbecken im Toilettenraum schüttete er sich kaltes Wasser ins Gesicht und spülte sich den Mund aus. Er musste noch einmal ins Gefängnis.

Bevor er aufbrach, rief er Lan an und erzählte ihr von Manhs Tod und was er über die Tote von der Baustelle erfahren hatte. Er bat sie, so schnell wie möglich ins Präsidium zu kommen. Insgeheim setzte er darauf, dass sie Parteikommissar Hung besänftigen würde, wenn dieser erfuhr, dass es einen Toten auf dem Gelände des Präsidiums gegeben hatte. Er selbst wollte lieber nicht dabei sein. Aber so sagte er ihr das natürlich nicht. Stattdessen trug er ihr auf, mit den ersten routinemäßigen Ermittlungsschritten zu Manhs Tod zu beginnen: Telefongespräche überprüfen, letzte Aufenthaltsorte feststellen … Außerdem sollte sie einen Techniker bestellen, der sich den Wagen genauer anschaute. Vielleicht waren die Türen blockiert gewesen, so dass Manh deshalb nicht hatte aussteigen können.

»Und was machst du?«, fragte Lan, und Ly überhörte nicht das Misstrauen, das in ihrer Frage mitklang.

»Ich fahre ins Gefängnis. Ich will noch mal mit Bui Dai sprechen.«

»Meinst du mittlerweile doch, dass er es war, der die Morde in Auftrag gegeben hat?«, fragte Lan. »Es dreht sich doch alles um dieses Land.«

Ly seufzte. Es sah alles danach aus, ja. Trotzdem glaubte er nicht, dass er es gewesen war. »Wenn Bui Dai Geld gehabt hätte, hätte er die Wärter bestochen, ihn zu seinem Sohn zu lassen.« Rache war nebensächlich gewesen, zumindest solange der Junge gelebt hatte, davon war Ly überzeugt.

»Aber Bui Dai hat dir gegenüber doch selbst gesagt, er würde Manh umbringen«, warf Lan ein. Nach einer kurzen Pause schob sie atemlos hinterher: »Was ist mit Big Jim? Ly! Wir müssen ihm Personenschutz geben. Wenn es der Bauer war, wird er auch Big Jim umbringen.«

»Personenschutz für Big Jim?« Ly lachte auf. »Das bekommst du beim Parteikommissar nicht durch. Er will Big Jim an den Pranger stellen. Von wegen korrupter Kader …«

»Was hat das denn mit den Morden zu tun?«

»Nichts. Aber du kennst doch Parteikommissar Hung. Er will ein Exempel statuieren.« Ob Big Jim wirklich der Mörder war, war da letztendlich egal. Wenn der Parteikommissar ihn wegen Korruption dranbekam, wäre er auch zufrieden. Solange er nur sein Exempel statuierte.

»Und was willst du?«, fragte Lan.

»Den Mörder finden.«

»Ly, dieser Bauer muss irgendwas mit den Morden zu tun haben. Big Jim mag ja am Tod des Gemeindevorstehers und des Chinesen verdient haben. Aber wieso sollte er die Waffenhändlerin umbringen? Und Manh? Und das mit den Kränzen, das sieht doch alles nach Rache aus.«

In der Brusttasche seines Hemdes fand Ly noch eine letzte Zigarette. Sie war zerknautscht, aber nicht zerbrochen. Vorsichtig strich er sie glatt. »Vielleicht«, sagte er nachdenklich. »Aber vielleicht will Big Jim ja auch nur, dass alles auf den Bauern hinweist. Das könnte der Plan sein. Dem Bauern die Schuld zuschieben. Zutrauen würde ich's ihm.«

»Echt, Ly! Das ist Blödsinn«, sagte Lan. »Dieser Bauer kannte die Waffenhändlerin. Er hat dich angelogen. Dafür muss er doch einen Grund gehabt haben.«

☆

Das, was Lan gesagt hatte, hatte Ly verunsichert, und er hoffte, Bui Dai könnte ihm eine überzeugende Erklärung liefern. Zwar war ihm nicht ganz wohl bei der Sache, Bui Dai so kurz nach dem Tod seines Sohnes zu befragen. Aber letztendlich war es egal, wann er mit ihm sprach. Der Schmerz und die Trauer um den Tod seines Jungen würden auch in einer Woche nicht kleiner sein. Und in einem Monat vermutlich auch nicht. Ly zog sich seine Jacke und ein Paar Handschuhe an und verließ schnell das Präsidium. Er wollte jetzt auf keinen Fall seinem Chef, der gerne früh im Büro auftauchte, in die Arme laufen.

Ly nahm die Chuong-Duong-Brücke über den Roten Fluss. Noch hatte der Berufsverkehr nicht eingesetzt. Ein einziger alter IFA-Lastwagen fuhr mit lautem Scheppern an ihm vorbei. In der nassen diesigen Luft konnte Ly nur die Schemen der Sampans ausmachen, die unter ihm an der Sandbank lagen. Der Motor eines Schubfrachters knatterte, ein Schiffshorn dröhnte. Landfrauen mit Körben am Schulterjoch kamen ihm entgegen. Auf der anderen Flussseite fuhr Ly an der Abbiegung zur alten Deichstraße vorbei und weiter geradeaus. Er würde die Schnellstraße Richtung Haiphong nehmen. Die Strecke war etwas länger, aber die Straße gut ausgebaut. Am Rand der Fahrbahn standen Händlerinnen mit *banh rang bua,* in Bananenblätter eingewickelten Klebreiskuchen mit gehackten Zwiebeln, Shiitakepilzen und Schweinefleisch. Ly hielt kurz, aß ein *banh rang bua*, kaufte noch eine Schachtel Zigaretten und fuhr sofort weiter.

Als er im Gefängnis ankam, war gerade Schichtwechsel, und er musste fast eine halbe Stunde vor dem

Kontrollraum warten. Seine Laune war nicht die beste, als ihn endlich ein Wärter abholte und zum Besuchsraum geleitete. Bui Dai saß schon auf einem der Holzstühle. Er starrte auf die pastellgrün gestrichene Wand und wippte mit dem Oberkörper vor und zurück. Mit den Fingernägeln kratzte er über seinen nackten rechten Unterarm, dessen Haut schon blutig war. Ly sagte dem Wärter in einem Ton, der keinen Widerspruch duldete, er solle sie alleine lassen, und wartete, bis die schwere Stahltür zufiel. Dann nahm er sich einen Stuhl und setzte sich Bui Dai gegenüber.

Bui Dais Gesicht war wie aus Stein. Ly suchte darin vergebens nach einer auch nur winzigen Regung. Er konnte nicht einmal sagen, ob der Mann ihn überhaupt wahrgenommen hatte. »Ihr Sohn«, sagte Ly. »Ich möchte Ihnen mein Beileid aussprechen.« Er hielt Bui Dai die *Thang Long* hin, doch der ignorierte seine Geste. Ly nahm sich selbst eine Zigarette und legte die Schachtel auf den Tisch. Er hielt den Rauch in den Lungen und überlegte fieberhaft, wie er den Mann aus seiner Lethargie holen konnte. Er hätte Lan mitnehmen sollen. Sie war in solchen Situationen geschickter.

»Manh ist tot«, sagte Ly in der Hoffnung, es würde Bui Dai interessieren. Immerhin war es Manh gewesen, der seine Tochter auf der Wache festgehalten hatte. Und es war auch Manh gewesen, der die Landnahme durchgeführt hatte. Doch wenn es Bui Dai interessierte, ließ er sich nichts anmerken. Seine Augen waren weiter auf einen Punkt irgendwo an der Wand gerichtet. »Sie haben mir selbst gesagt, wenn Sie hinter den Morden ständen, würden Sie Manh umbringen lassen. Nun ist er tot.«

Bui Dai schwieg weiter. Die Stille machte Ly zunehmend nervös. Das einzige Geräusch, das zu hören war, war das Kratzen der Fingernägel auf Bui Dais Arm.

»Es gibt da eine junge Frau«, versuchte Ly erneut, ihn aus der Reserve zu locken. »Sie hat dem Chinesen die Landnutzungsrechte in Tien Cong abgekauft. Auch für Ihr Land. Sie will ein Kinderheim bauen. Die Frau möchte gerne mit Ihnen sprechen.«

Bui Dai sagte immer noch nichts, und es wollte Ly partout nicht gelingen, seinen Blick einzufangen. »Die Frau wusste nichts von der Enteignung. Es tut ihr leid«, schob Ly hinterher. »Sie würde Ihnen gerne helfen.«

Bui Dai schüttelte jetzt den Kopf, erst zaghaft, dann immer heftiger. Na endlich, dachte Ly. Er zeigte eine Regung. Das war es, was Ly hatte erreichen wollen. Nun konnte er auf das zu sprechen kommen, weshalb er hergekommen war. Und wenn Bui Dai keine Hilfe wollte, sollte er das Frau Mai selbst sagen. Die Besuchserlaubnis war längst ausgestellt.

Ly ließ die Zigarette auf den Boden fallen und trat sie aus. Er legte das Foto der Toten von der Baustelle auf den Tisch. »Schauen Sie sich das Bild an.« Er pochte mit dem Zeigefinger auf das Foto. »Wieso haben Sie mir verschwiegen, dass Sie die Frau kannten?«

Bui Dai schielte auf das Foto, dann starrte er wieder auf die Wand. Er sagte nichts. Ly hätte ihn am liebsten geschüttelt. Mit der flachen Hand schlug er auf den Tisch. »Sie kannten sie«, sagte Ly. Er war sich seiner Theorie sicher. »Sie haben bei ihr die Waffen gekauft. Und die Landminen. Sie hat sie verraten. Nur deshalb ist die Polizei so gut ausgerüstet zur Landnahme angerückt.«

Bui Dai nahm jetzt doch eine Zigarette. Er sog den Rauch tief ein und blies ihn sehr langsam wieder aus.

»Woher hatten Sie die Waffen, wenn nicht von ihr?«, hakte Ly nach.

»Sie haben recht. Ich kannte die Frau«, sagte Bui Dai. Ly war überrascht, wie fest seine Stimme war. »Ich habe Sprengstoff bei ihr gekauft, und alle Einzelteile. Zusammengebaut habe ich die Waffen selbst. So was lernt man im Krieg. Immerhin.«

Ly rieb sich mit den Fingern über die Schläfen. Es stimmte also, dachte er. Das war die Verbindung zu der Toten von der Baustelle. »Wieso haben Sie mir das nicht gleich gesagt?«

»Sie hätten mir doch sofort unterstellt, ich hätte sie umbringen lassen. Immerhin kannte ich sie, und all die anderen Mordopfer auch.«

»Und, wäre das falsch gewesen?«

»Mir zu unterstellen, hinter den Morden zu stehen?« Bui Dai lachte laut und durchdringend, vollkommen unerwartet für Ly. Dann drehte Bui Dai Ly ganz langsam sein Gesicht zu und sah ihn an. Die Narben spannten über seiner Haut. Sein Blick war jetzt fokussiert, fast stechend. Es hatte etwas von Wahnsinn, was da durchschimmerte. Ly fühlte sich mit einem Mal nicht wohl mit der geschlossenen Stahltür in seinem Rücken.

Plötzlich sprang Bui Dai auf und streckte Ly seine Arme entgegen, die Handgelenke nah beieinander. Ly zuckte zusammen und fuhr zurück.

»Na los! Verhaften Sie mich«, schrie Bui Dai. »Verurteilen Sie mich gleich noch einmal.« Seine Stimme überschlug sich. »Ich war es. Es war gar kein Problem, die Morde von hier drinnen aus zu organisieren. Worauf warten Sie? Erschießen Sie mich! Von mir aus. Ich habe nichts mehr zu verlieren. Stopfen Sie mir den Mund mit Limonen, dass ich nicht mal mehr beten kann. Oder schreien. Erschießen Sie mich. Und immer erst mal schön daneben, so richtig qualvoll. So machen Sie das doch.«

☆

Ly stand noch im Gefängnishof und rauchte, als Lans SMS einging. Ly solle sofort ins Präsidium kommen. Parteikommissar Hung wolle ihn sprechen. Er sei außer sich.

Eine Stunde später eilte Ly die Treppen zu Lans Büro hinauf. Sollte sein Chef doch noch ein paar Minuten auf ihn warten. Erst wollte er Lan von seinem Besuch bei Bui Dai erzählen. Es hatte ihn vollkommen verwirrt. War Bui Dai lebensmüde? Oder versuchte er jemanden zu schützen? Oder war er einfach nur verrückt?

Lan stand am Fenster und telefonierte. Fast tonlos flüsterte sie Ly »Veteranenverband« zu und machte eine rollende Bewegung mit der Hand, um anzudeuten, dass derjenige am anderen Ende der Leitung nicht aufhörte zu reden. Ly zog seine Jacke aus und ließ sich auf den Stuhl hinter ihrem Schreibtisch fallen.

»Ja, natürlich ...!«, sagte Lan, verdrehte die Augen und kam zum Schreibtisch hinüber. Unter Lippenstiften, Puderdosen und einem Pappbecher von Starbucks zog sie einen Zettel hervor und hielt ihn Ly hin. Es war eine handschriftliche Notiz, die Manhs letzte Telefonate in der Mordnacht betraf. Ly versuchte, Lans winzige Buchstaben zu entziffern. Abgesehen von dem Gespräch mit Ly hatte Manh zwischen 17.30 und 18.25 elfmal Big Jims Nummer gewählt, ohne dass dieser die Anrufe angenommen hatte. Danach hatte Manh verschiedene Kurzwahlnummern gewählt. 1115, 105, 15 ... Ly schluckte. Es sah ganz so aus, als habe er versucht, den Notarzt anzurufen, sich aber bei der 115 immer wieder verwählt. Er muss vollkommen in Panik gewesen sein.

»Würden Sie die Namen bitte noch einmal zum Mitschreiben wiederholen«, sagte Lan ins Telefon und griff nach Stift und Zettel.

»Genosse Ly!«

Ly fuhr herum. Parteikommissar Hung stand in der

Tür. Ly sprang sofort auf und schob ihm einen Korbsessel so hin, dass er sich setzen konnte. Doch der alte Mann blieb stehen.

»Wie viele Leichen brauchen Sie noch, bis Sie den Fall lösen?« Die Stimme des Parteikommissars bebte. »Einen Mord im Präsidium! Das hat es noch nie gegeben. Und dann auch noch ein Polizeikollege. Ich dachte, ich hätte mich bei unserem letzten *mit tinh* klar ausgedrückt. Diese Dorfkader dürfen nicht mehr tun und lassen, was sie wollen. Das schädigt den Ruf des ganzen Landes.« Parteikommissar Hung wedelte mit einem Papier in der Luft herum. »Der Haftbefehl. Sie holen mir diesen Big Jim, oder wie auch immer der Kerl sich nennt. Und das sofort.«

»Wir haben keine ausreichenden Beweise. Nicht was die Morde angeht«, wandte Ly ein.

»In der Untersuchungshaftanstalt haben die ganz andere Mittel und Wege als wir«, sagte der Parteikommissar. »Die werden diesen Big Jim schon zum Reden bekommen.«

Ly schluckte. Er konnte Big Jim nicht leiden. Aber das, was sich hier anbahnte, gefiel ihm nicht. Egal, ob der Prozess auf Mord oder Korruption hinauslief. Parteikommissar Hung zielte darauf ab, dem Mann das Genick zu brechen.

»Lassen Sie mir bitte noch ein paar Tage Zeit«, bat Ly. »Bis wir Beweise haben.«

»Haben wir doch. Die Bankauskünfte sind ja schon mal nicht schlecht«, sagte der Parteikommissar. Ly sah zu Lan hinüber, die ihm ein entschuldigendes Lächeln zuwarf.

»Sehen Sie, Genosse Ly, Sie sind gar nicht auf dem Laufenden. Big Jim ist hoch verschuldet. Hat allem Anschein nach in dubiose Baugeschäfte investiert und sich dabei verspekuliert.«

Lan deutete ein Nicken an.

»Und wenn ich Ihre reizende Assistentin richtig verstanden habe«, schob der Parteikommissar hinterher, »hat Big Jim am Tod des Chinesen ganz gut verdient. Und mit diesem Gemeindevorsteher soll er sich ja auch vor dessen Tod noch um Geld gestritten haben. Das passt alles.«

»Aber er hätte keinen Grund gehabt, den Polizeichef von Tien Cong umzubringen«, sagte Ly, der nach seinem Besuch im Gefängnis eben nicht mehr wusste, was er denken sollte. »Und die Tote von der Baustelle. Warum hätte Big Jim das tun sollen?«

Lan legte auf. »Vielleicht haben wir was«, sagte sie vorsichtig. »Das war eben der Veteranenverband. Unsere alte Waffenhändlerin und Big Jims Vater haben in derselben Einheit gedient. Zwischen 1968 und 1973 waren beide in der Division 312, Regiment 141.«

»Das ist ewig her«, sagte Ly. »Und das heißt auch noch lange nicht, dass Big Jim die Frau kannte.«

Parteikommissar Hung riss eine Hand hoch. »Es reicht«, sagte er mit schneidender Stimme. »Sie bringen jetzt diesen Big Jim her. Und, Genosse Ly, ich warne Sie. Keine Alleingänge. Machen Sie einmal, was ich sage.«

Sobald der Parteikommissar den Raum verlassen hatte, fluchte Ly laut. »*Quy tha ma bat!*« Hol Sie doch der Teufel und die Geister!

☆

Ein kurzer Anruf bei Big Jims Sekretärin, und sie wussten, dass Big Jim in seinem Haus in Tien Cong war.

»Ich kann mitkommen«, sagte Lan, die Ly zum Streifenwagen, der mit laufendem Motor vor dem Tor des Präsidiums stand, begleitet hatte.

»Lass mal.« Diese Festnahme konnte er auch alleine durchziehen. Er öffnete die Tür und setzte sich auf den Rücksitz. Am Steuer saß ein junger Streifenpolizist, den Ly nicht kannte. »Kommissar«, sagte er und tippte sich zum Gruß gegen die Uniformmütze.

Lan stützte ihre Hände auf das Wagendach und beugte sich zu Ly hinunter. »Bevor ich es vergesse, diese Frau Mai hat heute früh die Besuchserlaubnis abgeholt.«

»Ich hatte ihr gesagt, dass sie bereitliegt«, sagt Ly und hoffte, Lan hörte seine Enttäuschung nicht heraus. Er hatte gehofft, Frau Mai selbst zu treffen. Er konnte nicht abstreiten, dass er die Frau interessant fand.

»Wieso will sie sich eigentlich für diesen Bauern einsetzen?«, fragte Lan.

Ly zuckte mit den Schultern. »Sie hat wohl ein schlechtes Gewissen, weil sie das Land gekauft hat.«

»Das hat sie mir auch gesagt. Trotzdem finde ich es seltsam.«

»Es gibt vielleicht doch noch Menschen mit sozialem Gewissen«, sagte Ly und dachte, dass es genau das war, was ihm an Frau Mai so gefiel.

Lan sah Ly schräg aus den Augenwinkeln an. »Das glaubst du doch selbst nicht.«

»Lan, sei nicht immer so misstrauisch.«

»Das musst du gerade sagen«, konterte Lan mit einem Lächeln und schlug die Wagentür zu.

Der Fahrer schaltete Blaulicht und Sirene ein und fuhr mit quietschenden Reifen los. Der Himmel war fast schwarz, schwere Wolken hatten sich zusammengezogen. Plastiktüten wirbelten durch die Luft. Ein verloren gegangener Luftballon in Form eines T-Rex tanzte im Wind. »Für heute Abend sind heftige Sturmböen vorausgesagt«, sagte der Fahrer und erzählte Ly, er komme gerade frisch von der Polizeiakademie. Big Jims Festnahme sei sein erster derartiger Einsatz. Seine Hände lagen ruhig auf dem Lenkrad, aber Ly konnte spüren, wie nervös er war.

Sie kamen nur langsam vorwärts. Der Verkehr war dicht und niemand wich für sie aus. Trotz Blaulicht und Sirene. Erst als sie auf der anderen Flussseite auf die alte Deichstraße einbogen, wurde es leerer. Dafür fing es jetzt heftig an zu regnen. Die Scheibenwischer schlugen das Wasser hin und her, ohne der Massen

Herr zu werden. Ly lehnte sich zurück und schloss die Augen. Er dachte über das nach, was Lan gesagt hatte. Wie seltsam es sei, dass Frau Mai sich für den Bauern einsetzen wollte, und in seinem Kopf formte sich ein Gedanke, der ihm ganz und gar nicht gefiel.

☆

Sie drückte die Zigarette im Aschenbecher aus und öffnete die Wagentür. Es regnete. Der Wind fegte durch die Bäume, eine aufgeblähte Mülltüte flog durch die Luft, bis die schweren Tropfen sie niederdrückten. Ein Sturm bahnte sich an. Sie zog ihre Kapuze über den Kopf, schlang die Arme um die Brust und überquerte den Parkplatz.

Der Kies knirschte unter ihren Schuhsohlen. Ihre Beine fühlten sich bleiern an. Sie vermied es, an der hohen Backsteinmauer, die das Gefängnis umgab, hinaufzusehen. Die Mauer verstärkte ihre Angst nur noch. Sie drückte den Klingelknopf neben dem Tor, die an der Wand installierte Kamera surrte. Kurz darauf fuhr das Tor automatisch auf.

»Ausweis«, sagte der Wachmann, der aus seinem Kontrollraum getreten war, in abgehacktem Tonfall.

Hektisch suchte sie in ihrer Handtasche nach der Plastikkarte und reichte sie dem Mann zusammen mit der Besuchserlaubnis. Wieder und wieder sah er zwischen dem Ausweisfoto und ihr hin und her. Wieso brauchte er so lange? Sie biss sich so fest auf die Unterlippe, dass sie Blut schmeckte, und lächelte dabei, so gut es ging. Sie durfte sich ihre Nervosität nicht anmerken lassen.

»Warten Sie hier«, sagte der Wachmann und ging in den Kontrollraum. Durch ein Fenster konnte sie sehen, wie er telefonierte, wobei er seinen Blick nicht von ihr abließ. Schließlich legte er mit einem Nicken auf und kam wieder zu ihr vor. Er gab ihr den Ausweis zurück. »Sie werden gleich abgeholt.«

Dem Wärter, der sie zum Besuchsraum führte, steckte sie 200 000 Dong zu mit der Bitte, sie im Besuchsraum alleine zu lassen. Mit einem dumpfen Knall fiel die Tür hinter ihr in die Angeln.

Sie waren alleine.

Sie standen sich gegenüber. Tränen stiegen ihr in die Augen und verschleierten ihren Blick. Wie lange hatte sie auf diesen Tag gewartet. Nun war er da, und das Einzige, was sie spürte, war Angst. Erkannte er sie?

Der Chirurg hatte gut gearbeitet, und die teure Kleidung tat das ihre. Sie war kein armes Bauernmädchen mehr. Nicht einmal der Gemeindevorsteher Tung hatte etwas geahnt, als sie ihn mit ihrem Wagen abgeholt hatte. Bei dem Gedanken daran musste sie lächeln. Er hatte wirklich geglaubt, sie würde Sex mit ihm haben. Wie all die anderen Mädchen, die er bezahlte. Er war schon ans Bett gefesselt gewesen, als er endlich verstand, wer sie war und was sie mit ihm vorhatte. Sie hat ihm den Kranz auf den Bauch geworfen und die Panik in seinen Augen gesehen. Wie er sich wand in seinen Fesseln. Sie hat jede Sekunde genossen. Auch die alte Waffenhändlerin hatte verstanden, dass sie sterben sollte. Ein Totenkranz war ein Totenkranz. Und natürlich hatte auch Manh die Bedeutung des Kranzes gekannt. Nur dem Chinesen hatte sie mit der Grußkarte etwas auf die Sprünge helfen müssen. Sie hatte das Wort »Tod« extra in einem chinesischen Wörterbuch nachgeschlagen.

Sie machte einen Schritt auf ihn zu und streckte die Hand aus. Sein Blick verriet ihr immer noch nicht, ob er sie erkannt hatte. Sie hatte das Gefühl, ihr Herz würde gleich zerspringen. Ihre Knie zitterten. Sie machte noch einen Schritt vor. »Papa«, sagte sie leise und schlang ihre dünnen Arme um seinen Hals.

Er legte seine Arme um ihren Rücken. Vorsichtig erst, dann drückte er sie, so wie er sie früher immer gedrückt hatte. »Ich wusste es«, flüsterte er. »Ich wusste, dass du lebst.« Er hielt sie fest, und sie ließ sich fallen. Sie weinte all die Tränen, die sie die vergangenen Jahre zurückgehalten hatte, und spürte, wie sie den Stoff seines Hemdes durchnässten.

»Dein Bruder ist tot«, sagte er. Der Körper ihres Vaters verkrampfte sich, als er die Worte aussprach.

»Ich weiß«, murmelte sie und klammerte sich noch fester an ihn.

Als sie sich schließlich aus der Umarmung löste, sah sie, dass auch ihr Vater geweint hatte. Mit dem Handrücken wischte er sich die Tränen aus dem Gesicht.

»Du hättest das nicht tun dürfen«, sagte er.

»Hör auf, bitte.« Keine Vorwürfe, dachte sie. Bitte nicht.

»Du hättest ein Leben haben können«, sagte er.

»Ich wollte kein Leben. Sie haben uns alles genommen. Ich bin auf dieser Polizeistation gestorben. Das Einzige, was ich danach noch wollte, war, dass sie auch alle sterben.«

Ihr Vater hob ihr Kinn an und strich ihr eine Haarsträhne aus dem Gesicht. »Wie schön, dass du da bist«, sagte er. Er lächelte jetzt.

Sie setzten sich, und er hielt ihre Hand, während sie erzählte. Von dem Busunfall, bei dem sie ihre Identität mit einer Toten getauscht hatte. Von ihrer Hochzeit mit einem wohlhabenden Geschäftsmann. Von dem Landkauf in Tien Cong und dass sie das Land auf ihren kleinen Bruder hatte überschreiben wollen. Er sollte etwas haben, wenn er aus dem Gefängnis kam. Sie erzählte auch, dass die Morde wie Unfälle hatten aussehen sollen. Aber dass dieser Kommissar den Zusammenhang herausgefunden hatte. Wovon sie ihm nicht erzählte, war der Fehler, den sie gemacht hatte. Der Fehler, die Kränze zu verteilen. Aber sie hatte nicht widerstehen können. Sie wollte die Angst sehen. Sie wollte ihre Rache auskosten. Und die Geschichte von der Schutzgottheit ihres Dorfes, dem Mörder mit den Kränzen, hatte sie schon als kleines Mädchen fasziniert.

»Was ist mit Big Jim?«, fragte ihr Vater. »Ihn lässt du leben?«

Sie schüttelte den Kopf und strich ihm mit der Hand zärtlich über den Arm. Ohne ihn anzusehen, sagte sie: »Er ist der Letzte. Dann ist es vorbei.«

»Wie?«, fragte ihr Vater.

»Sprengstoff. Die alte Waffenhändlerin hat ihn mir verkauft. Kurz bevor sie starb.«

»Ich werde die Morde gestehen. Du musst mir alle Details erzählen.«

»Nein, Papa. Nein.«

»Doch«, sagte er. »Ich will nicht noch ein Kind verlieren.«

»Ich habe schon einmal meine Identität geändert, das schaffe ich auch noch einmal. Mein Mann wird mir helfen. Sie werden mich nicht bekommen.«

☆

Trotz des starken Regens jagte der Fahrer den Streifenwagen über die Straße. Ly spürte das Blut in seinen Adern pochen. Er schwitzte. Die Wut auf die korrupten Dorfkader und Immobilienspekulanten hatte ihn blind gemacht. Und dabei hatte die Lösung direkt vor ihm gelegen. Alle Details ergaben einen Sinn. Frau Mais Interesse an dem Bauern, ihre Bestürzung über den Tod des Jungen im Gefängniskrankenhaus, der Kauf des Landes. Vielleicht war sie sogar die junge Frau gewesen, die den Gemeindevorsteher zu Hause abgeholt hatte. Wenn sie sich hatte operieren lassen, hatte er sie nicht erkannt. Thuy hatte das mit der Operation vielleicht nicht nur so dahergesagt.

Ly schlug sich so fest mit der Faust auf den Oberschenkel, dass es schmerzte. Jetzt verstand er auch, warum der Bauer die Schuld auf sich nehmen wollte. Und deshalb hatte er auch nicht zugegeben, die Tote von der Baustelle zu kennen. Er wollte seine Tochter schützen. Er musste die ganze Zeit gewusst oder zumindest geahnt haben, dass sie hinter den Morden steckte.

Ly zog sein Telefon aus der Jackentasche, um Lan

anzurufen. Bevor er aber noch ihren Kontakt drückte, fuhr der Fahrer des Streifenwagens, ohne abzubremsen, den steilen Weg vom Deich nach Tien Cong rein. Die Sirene plärrte immer noch laut. »Machen Sie dieses Gejaule aus!«, schrie Ly. »Gleich steht das ganze Dorf auf der Straße.«

Hektisch suchte der Fahrer nach dem Schalter. Anstatt den Ton jedoch auszustellen, wurde er nur noch lauter. »'tschuldigung«, murmelte er. Als die Sirene endlich Ruhe gab, waren sie schon mitten in Tien Cong, und jeder Büffel hatte mitbekommen, dass sie da waren.

Ly fluchte und steckte sein Telefon wieder ein. Er würde Lan später anrufen. Jetzt musste er erst einmal Big Jim festnehmen. Auch wenn er nicht der Mörder war, wegen Korruption bekämen sie ihn auf jeden Fall dran. Und ohne ihn konnte Ly sich im Präsidium nicht blicken lassen. Parteikommissar Hung würde ihn fristlos entlassen.

Big Jims Haus lag in einer Seitengasse neben der Schule. Es war hellblau getüncht, mit vier Stockwerken, Erkern und säulengeschmückter Fassade. Vor der Einfahrt stand ein fast fabrikneuer Toyota V8 Land Cruiser.

Sie hielten und stiegen aus. Der Regen schlug Ly ins Gesicht. Mit zusammengekniffenen Augen und gebeugtem Rücken ging er zum Haus hinüber. Der Streifenpolizist folgte dicht hinter ihm.

Ly klingelte und schob gleichzeitig die Tür auf, die nur angelehnt war. »Hallo«, rief er. »Big Jim?« Er trat ein. Sein junger Kollege blieb unschlüssig im Eingang stehen. Ly ging durch das Wohnzimmer und schaute in die offene Küche. Nichts. Im Badezimmer plätscherte Wasser aus einem offenen Hahn auf den Boden. Die Waschmaschine lief. Der Spiegel war beschlagen. Es musste gerade erst jemand geduscht haben. »Big Jim«, rief Ly noch einmal, als er hörte, wie vor dem Haus der Motor eines Wagens aufheulte. An seinem jungen Kollegen vorbei rannte Ly nach draußen. Big Jim setzte gerade den Toyota rückwärts aus der Einfahrt.

Ly sprintete zum Streifenwagen und riss die Fahrertür auf. Der Schlüssel steckte. Er startete den Motor und legte mit einem Krachen den Gang ein. Aus dem Augenwinkel sah er, dass der Streifenpolizist immer noch wie versteinert in der Haustür stand und dem Toyota nachstarrte, der Richtung Dorfstraße davonfuhr. Idiot, dachte Ly. Ohne diese verfluchte Sirene wäre Big Jim gar nicht erst gewarnt gewesen.

Ly wendete. Als er schalten wollte, soff ihm der Motor ab. Auch das noch. Er war ewig kein Auto gefahren. Er startete erneut und gab Gas. Auf der Dorfstraße sah er gerade noch, wie der Toyota hinter der Pagode in den schmalen Schotterweg zum Fluss einbog. Er folgte ihm und fuhr so schnell, wie es der holprige Weg zuließ. Schlammiges Pfützenwasser spritzte hoch. Ein Huhn rannte mit flatternden Flügeln vor ihm über den Weg und verschwand irgendwo zwischen den Wagenreifen. Federn flogen.

Er tastete nach dem Telefon in seiner Jacke und suchte Big Jims Nummer, ohne dabei den Blick von der Straße zu lassen. Es klingelte nur einmal, dann hörte Ly das Rauschen einer Freisprechanlage.

»Halten Sie an«, schrie Ly in den Hörer. Der Toyota war immer noch weit vor ihm, aber langsam holte Ly auf.

»Ich habe mit den Morden nichts zu tun«, brüllte Big Jim.

»Sie haben doch sicher gute Anwälte. Die holen Sie sowieso da raus.«

Big Jim lachte. Es klang bitter. »Ich lass mich nicht vorführen. Sie wollen mich nur an den Pranger stellen. Mord. Korruption. Was es letztendlich ist, ist doch vollkommen egal. Ich kenne das Spiel.«

Ly fluchte. Natürlich kannte Big Jim das Spiel gut genug, um zu wissen, dass ihm, stand er erst mal auf der Abschussliste, auch seine Beziehungen nicht mehr helfen würden. Alle würden ihn fallenlassen.

»Lassen Sie uns reden«, schrie Ly.

»Sie können mich mal!« Big Jim beschleunigte seinen Wagen noch mehr.

Der Weg wurde immer steiniger. Rechter Hand war er von großen Felsbrocken begrenzt. Linker Hand fiel das Gelände steil zum Roten Fluss ab. Der Weg war jetzt so schmal, dass es Ly unmöglich war, den Schlaglöchern auszuweichen, geschweige denn, den Toyota zu überholen. Die harten Schläge, wenn er durch die Schlaglöcher donnerte, fuhren ihm bis ins Rückenmark. Er wählte die Nummer der Polizeizentrale, sie sollten Verstärkung schicken. Aber der Akku piepte nur einmal, dann war sein Handy tot. Fluchend warf er es auf den Beifahrersitz und ließ seinen Blick durch den Wagen schweifen, konnte aber nirgends ein Funkgerät entdecken. Er trat das Gaspedal durch und drückte die Lichthupe. Die Tachonadel hing zitternd zwischen achtzig und neunzig Stundenkilometern. Sie fuhren jetzt Stoßstange an Stoßstange. Vor ihnen lag eine Kurve. Ly hielt dennoch das Tempo und blieb am Toyota dran, als Big Jim plötzlich seinen Wagen zur Seite zog. Der Toyota schrammte an den Felsbrocken entlang. Funken sprühten. Ly riss ebenfalls den Lenker herum und trat gleichzeitig auf die Bremse. Sein Wagen schlitterte und rammte in die Felskante. Lys Kopf schlug auf die Lehne. Glas splitterte. Das Geräusch von knirschendem Metall drang an sein Ohr. Ein grelles Licht blitzte auf. Die Explosion war so laut, dass Ly meinte, taub davon geworden zu sein. Vor seinen Augen zerriss ein Feuerball den Toyota. Ly presste die Augen zusammen. Er spürte das Beben der Explosion bis in die Knochen. In seinem Kopf dröhnte es dumpf. Eine Hitzewelle fegte über ihn hinweg. Die Explosion, die folgte, hörte er nicht mehr.

☆

Die Ersten, die an der Unfallstelle eintrafen, waren Kinder. Die Explosionen und die hohen Flammen über den Feldern hatten sie angelockt.

☆

Nachwort und Dank

Die Geschichte des Bauern Bui Dai ist fiktiv, und alle Ähnlichkeiten mit Ereignissen und Personen sind zufällig. Zur Ideenfindung allerdings hat ein Ereignis ausschlaggebend beigetragen: der sogenannte Tien-Lang-Vorfall, benannt nach dem Distrikt Tien Lang am Rand der vietnamesischen Hafenstadt Haiphong. Dort hatte der Shrimp-Farmer Doan Van Vuon 21 Hektar Land gepachtet, auf dem er Teiche, Deiche und ein Abwassersystem anlegte. Doch dann erhielt er die Mitteilung, dass er sein Land zurückgeben müsse. Gerüchte kamen auf, lokale Kader wollten das Land an einen Flughafenentwickler weiterreichen. Eine Entschädigung für die Verbesserungen, die Vuon an seinem Land vorgenommen hatte, sollte er nicht erhalten. Er reichte Klage ein. Das Gericht übergab, wie in Vietnam üblich, den Fall an eine obligatorische Schiedsstelle, um die Angelegenheit außergerichtlich beizulegen. Deren Lösung: Klagerücknahme gegen Pachtverlängerung. Obwohl Vuon seinem Teil der Einigung nachkam, hielten der Bezirksvorsitzende und der Dorfvorsteher an ihrem Vorhaben fest, ihn von seinem Land zu vertreiben.

Am Morgen des 5. Januar 2012 rückten Polizei und Militär auf Vuons Land vor. Vuon und seine Familie widersetzten sich mit Schusswaffen und selbstgebauten Minen. Verstärkung wurde angefordert. Mehr als hundert bewaffnete Männer in kugelsicheren Monturen marschierten mit Spürhunden und Minensuchgeräten auf. Der Polizeichef von Haiphong persönlich erschien vor Ort.

Am Ende des Tages gab es offiziellen Angaben zufolge zwei verletzte Soldaten und vier verletzte Polizisten. Vuons Haus war dem Erdboden gleichgemacht, die Teiche waren geplündert worden.

Eine Welle der Empörung ging durch Vietnam. Die Presse berichtete mit großer Sympathie für den Shrimp-Farmer. Er wurde mit einer Bauernfamilie verglichen, deren verzweifelter Widerstand gegen französische Kolonialgendarme im Jahr 1926 ihr eine Nische im sozialistischen Pantheon der Helden eingebracht hatte. Die Regierungszensoren schienen zu überrascht, um die Veröffentlichungen zu blockieren. Ein hoher pensionierter Funktionär sagte: »Ein guter Farmer, einfach und fleißig, wird so weit getrieben, dass er sein Recht auf sein Land mit selbstgebauten Waffen verteidigt – welch ein Elend! Jeder glaubt doch, dass es so etwas wie Gerechtigkeit gibt und dass das Gesetz diese absichert. Das war auch das, was der Shrimp-Farmer geglaubt hat. Er ging vor Gericht in der Hoffnung auf ein gerechtes Verfahren. Doch das war ein Trugschluss. Die Hoffnungslosigkeit seiner

Situation schließlich ließ ihn zu verzweifelten Mitteln greifen.«

Auch Premierminister Nguyen Tan Dung verurteilte das Vorgehen der Polizei in Tien Lang. Er sagte, die Landnahme sei illegal gewesen. Doch das rettete Vuon nicht vor einer Verurteilung zu fünf Jahren Haft wegen versuchten Mordes.

Der Vorfall von Tien Lang und vor allem die Reaktion der Öffentlichkeit spiegeln die Stimmung in Vietnam wider. Das Ausmaß der Gewalt in Tien Lang war ungewöhnlich. Aber auch andernorts gingen wütende und verzweifelte Bauern mit Mistgabeln, Spaten und Molotowcocktails auf die Räumungstrupps los.

Im vergangenen Jahrzehnt wurden mehr als eine Million Hektar Agrarland enteignet, weitaus mehr als während der sozialistischen Reformen in den 1950ern. Ersatzland wird nur in seltenen Fällen angeboten, und die Entschädigungszahlungen, die in der Regel unter dem Marktwert des Landes liegen, reichen nicht für den Kauf neuer Nutzungsrechte. Besonders im Umkreis der Großstädte, wo der Unterschied zwischen Entschädigung und Marktwert am weitesten auseinanderdriftet, sind die Spannungen groß. Die Kriegsgeneration beklagt, dass das Land, das sie gegen Franzosen und Amerikaner verteidigt haben, nun an teure Wohnprojekte verlorengeht.

Sicher, Land für Infrastrukturprojekte einzufordern

ist oft gerechtfertigt. Um Vietnams Entwicklung nicht abzuwürgen, muss die Regierung Anbauflächen enteignen und umwidmen können – für Straßen, Industrieprojekte und die wachsenden Städte. Doch vielfach wird öffentliches Interesse nur vorgeschoben, obgleich es sich tatsächlich um die Umverteilung von wertvollem Land an andere Nutzer handelt. Die Bauern fühlen sich übergangen und wittern Korruption – und das oft zu Recht. Die Tatsache, dass örtliche Kader den Wert des Landes festlegen, verleitet diese allzu oft dazu, Nutzungsrechte der Bauern nicht zu verlängern, sondern das Land stattdessen meistbietend zu vergeben. Allerorts blüht die Spekulation um Grund und Boden. Fährt man aus Hanoi raus, sind die Investitionsruinen unübersehbar: sinnlose Golfplätze, ungenutzte Gewerbeflächen, leerstehende Wohn- und Bürokomplexe.

Reformer innerhalb der Partei drängen seit Jahren auf tiefgreifende Gesetzesänderungen, konnten sich bislang aber nicht durchsetzen. Ein marktwirtschaftlicher Ansatz, bei dem die Bauern direkt mit den Bauinvestoren eine angemessene Entschädigung aushandeln könnten, wäre sozial gerechter, würde aber die Ideologie der Kommunistischen Partei untergraben. Das Verbot privaten Landbesitzes ist eines der wenigen Prinzipien, das die Partei in die kapitalistische Reformära hinübergerettet hat. Nutzungsrechte aufzuheben würde einer Privatisierung gleichkommen. Anstatt also den Bauern zu gestatten, für sich selbst zu verhandeln, wurde in der jüngsten Überar-

beitung des Landgesetzes beschlossen, die lokalen Ka-
der lediglich besser zu instruieren, wie sie die Boden-
preise festlegen sollten.

Das Scheitern der Regierung, die Landproblematik
gerecht und effektiv zu managen, strapaziert die Ge-
duld der Menschen, vor allem der Landbevölkerung.
Allzu lange hat die Regierung die Loyalität der länd-
lichen Bevölkerung, mit deren großer Unterstützung
sie einst an die Macht gekommen ist, als selbstver-
ständlich hingenommen.

Ich möchte hier zuallererst all jenen Vietnamesen dan-
ken, die mir von ihren persönlichen Erfahrungen mit
Landenteignungen und Korruption erzählt haben;
sie wollen in diesem Zusammenhang allerdings nicht
namentlich genannt werden. Zu großem Dank ver-
pflichtet bin ich auch jenen Experten, die es geschafft
haben, mir den Hintergrund dieser doch sehr komp-
lizierten Problematik näherzubringen: Laurent Pan-
dolfi, Nicholas Booth, Frank Feulner, Claire Mounier
und Romain Orfeuvre. Außerdem standen mir Stefa-
nie Wurm, Kirsten Endres, Alec Soucy, Markus Ma-
deja und Bill Hayton auch bei diesem dritten Roman
wieder mit ihrem Vietnam-Wissen und vielen guten
Ideen zur Seite.

Zum Erscheinen des Buches haben Kritik und Er-
mutigungen gleichermaßen beigetragen. Hier gilt mein
Dank André Lützen, Sebastian Elster, Eva-Maria Süt-
terlin, Gerhard und Petra Luttmer, Johanna Wieland,

Thu Lan Böhm, Hanh und Christian Oster, Le Quang, Pham Hang und Jasper Cook, Ly, Thuy, Minh, Cuong, Nina Luttmer, Sabine Gröger, Chris Zander, Anemi Wick, Hong-Van Drion, Michael Brosowski und David Frogier de Ponlevoy. Besonders erwähnen möchte ich Petra Herrmanns von der Agentur Scripts for Sale, die mit einer rettenden Idee aufwartete, als ich mich mit meiner Geschichte verrannt hatte und sich der Mörder viel zu früh verriet. Ich hoffe, jetzt tappen Sie, liebe Leser, länger im Dunkeln.

Für »Totenkranz« habe ich auch über *Tet* in Hanoi recherchiert. Wie Kommissar Ly habe ich sehr darunter gelitten, dass die Garküchen geschlossen und die fliegenden Händler mit ihrem Klebreis, dem Obst und den *banh mi pate* aus den Straßen verschwunden waren. Dank also all jenen, die mich während des *Tet*-Festes zu sich nach Hause eingeladen und durchgefüttert haben, vor allem Mai, Truong und ihrer Familie. Sie haben mich sogar an allen ihren Neujahrszeremonien, die eigentlich der Familie vorbehalten sind, teilhaben lassen. Wohl nicht ganz zu Unrecht wurde ich hin und wieder *ma xo* genannt – kleiner Eckgeist, der alles sieht und alles hört.

Für kulinarische Inspiration war Stefan Leistner, ohne dass er davon wusste, zuständig. Bei meinen Beschreibungen der Gerichte, die ich in Hanoi zwar alle selbst gegessen, niemals aber selbst gekocht habe, haben mir die Rezepte auf seiner Webseite asiastreetfood.com sehr geholfen.

Schließlich möchte ich mich bei Reinhard Rohn und dem Aufbau Verlag für die Zusammenarbeit bedanken.

Und last but not least: Wer sich nach dieser letzten Mordserie noch nach Hanoi wagt, kann dort eintauchen in die Welt von Kommissar Ly. Das Reisebüro Hanoikultour bietet Kommissar-Ly-Touren an: Ab in die Unterwelt und, wie könnte es anders sein, in die Garküchen und *bia hois* Hanois.

Leseprobe

KOMMISSAR LY ERMITTELT IN HANOI
NORA LUTTMER
DER LETZTE TIGER
atb
KRIMINALROMAN

Es war Ende Oktober, und die Monsunzeit hätte längst zu Ende sein sollen. Doch es regnete stärker als die ganzen Wochen zuvor. Nach über einer Woche Dauerregen stand das Wasser teilweise mehr als einen Meter hoch in Hanois Straßen. 58 Menschen waren bislang ums Leben gekommen. Die meisten waren ertrunken oder infolge defekter Stromleitungen getötet worden. Misstrauisch betrachtete Kommissar Pham Van Ly die dicken Bündel schwarzer Kabel, die dicht über seinem Kopf über dem Gehweg hingen. Die Hosenbeine hochgekrempelt, watete er durch das grauschwarze Wasser. Hier in der Altstadt, die etwas höher lag als die übrigen Stadtteile, reichte es ihm nur bis zu den Knien. Trotz des Regens war es warm, und Kinder tobten mit Styroporplatten durchs Wasser. Die Nichtschwimmer unter ihnen hatten leere Plastikflaschen um Bauch und Arme gebunden. Ly sah, wie sie lachten, hörte sie aber nicht. Zu laut war der Regen. Sein dünnes Plastikcape klebte unangenehm an seinem Körper. Mit zusammengekniffenen Augen und gebeugtem Rücken kämpfte er sich bis zur Lan-Ong-Gasse durch.

Erst vor wenigen Wochen war der Arzt Doktor Song aus seinem winzigen Praxiskabuff in einem Hinterhof der Thuoc-Bac-Gasse, der »Gasse der Nördlichen Medizin«, in dieses zur Straße hin gelegene Ladengeschäft in der Lan-Ong gezogen. Er war einer der Letzten gewesen, der sich von den Schlossern aus der »Gasse der Nördlichen Medizin« hierher hatte verdrängen lassen. Doch da in der Altstadt das Prinzip »eine Gasse – eine Ware« galt, musste er dahin übersiedeln, wo nunmehr alle seine Kollegen praktizierten.

Doktor Song hatte die Ladengitter aufgezogen. Gestapelte Sandsäcke schützten vor dem Hochwasser. Ly stieg über die Barrikade.

»Ah, Kommissar«, rief Doktor Song und kam mit ausgebreiteten Armen hinter dem langen Tresen hervor. Mit seinen Anfang vierzig war er etwas jünger als Ly. Er lächelte. Feine Falten legten sich um seine Mundwinkel. Er hatte weiche, fast feminine Gesichtszüge.

Ly zog das Regencape aus und sah sich um. »Schicker Laden«, sagte er.

Apothekerschränke aus dunkel lackiertem Holz standen vor beiden Längswänden. An Schnüren unter der Decke hingen getrocknete Geckos und Wurzeln. Auf dem Boden standen Kisten mit tellergroßen *Linh-chi*-Pilzen und Ginsengwurzeln, Eimer mit Baumrinden und anderen für Ly undefinierbaren Heilpflanzen. Obwohl der Laden um ein Vielfaches größer war als der alte, war er schon genauso vollgepackt und hatte denselben vertrauten Geruch nach Pilzen, Zimt, Anis und abgebrannten Räucherstäbchen. Ly fand das beruhigend.

»Die Geschäfte laufen gut«, sagte Doktor Song mit einem Lächeln und goss zwei Tassen Artischockentee für Ly und sich ein. Er murmelte ein *moi uong* – »Lade zum Trinken« – und fragte, wie er Ly helfen könne.

»Meine Mutter – ihr Rheuma macht ihr wieder zu schaffen«, sagte Ly.

»Kein Wunder. Bei diesem Wetter.«

»Sie braucht etwas gegen die Schmerzen.«

»Es wird ja nicht besser mit Ihrer Mutter«, sagte der Arzt. »Sie sollten wirklich mal über Tigerknochenpaste nachdenken. Die würde nicht nur gegen die Schmerzen helfen, sondern auch die Krankheit etwas ausbremsen.«

Ly konnte sich nicht vorstellen, wie Paste aus eingekochten Tigerknochen helfen sollte. Aber es war ein uraltes Rezept, und Ly vertraute auf seinen Arzt. Er hatte viele Jahre Erfahrung. Ly erinnerte sich, dass er schon als ganz junger Mann in der Praxis seines Vaters, des alten Doktor Hung, mitgearbeitet hatte, bevor er sie dann nach dessen Tod übernommen hatte.

»Was kostet die Paste?«, fragte Ly.

»Leider.« Doktor Song gab einen langgezogenen Seufzer von sich. »Sie ist verboten. Ein echtes Problem für unsere Medizin. Es sind ja nicht nur die Tiger. Wir dürfen kaum noch Tiere verarbeiten. Auch Bären, Warane und Königskobras, sogar Seepferdchen stehen unter Schutz. Als ob die Gesundheit der Menschen nicht vorgeht.« Er hob resigniert die Arme.

»Aber Sie können die Paste doch sicher besorgen?« Sie wäre teuer, das war es doch, worauf er letztendlich hinauswollte, dachte Ly.

Der Arzt presste die Lippen aufeinander und schüttelte den Kopf.

»Aber bitte«, sagte Ly. »Sie haben es selbst vorgeschlagen.« Es ging ihm um die Gesundheit seiner Mutter, nicht um irgendwelche Tierschutzgesetze. »Ich bin bei der Mordkommission, nicht bei der Umweltpolizei.« Ly konnte nicht ganz verbergen, dass dieses Gespräch ihn zu nerven begann.

Der Arzt sah Ly eine Weile schweigend an und wiegte den Kopf hin und her. Schließlich sagte er: »Ich könnte mich umhören. Der Preis liegt bei etwa zwanzig Millionen Dong für hundert Gramm. Minimum.«

Ly schluckte. Das waren fast tausend Dollar. Von dem Geld konnten sie zwei Monate gut leben. Inklusive der hohen Schulgebühren für die beiden Kinder. Und mit hundert Gramm wäre es ja wohl auch kaum getan.

»Alles, was billiger verkauft wird, ist eine Fälschung«, fügte Doktor Song hinzu.

Ly fuhr sich mit der Hand über das Gesicht. Das konnten sie sich momentan wirklich nicht leisten. Von seinem Staatsgehalt sowieso nicht, aber auch nicht von dem besseren Einkommen, das seine Frau Thuy als Reiseleiterin verdiente. »Das … ich werde darüber nachdenken«, sagte Ly ausweichend.

Doktor Song nickte. »Dann würde ich Ihnen erst mal wieder etwas Pflanzliches mischen.« Er trat an den Apothekerschrank hinter seinem Tresen und zog mehrere Schubladen heraus. Mit einer kleinen Schaufel fuhr er in die Kistchen und häufte verschiedene Kräuter und Pulver auf eine Tafelwaage. Dann kippte er alles auf ein Blatt Zeitungspapier, faltete es zu einem Päckchen und verschnürte es fest. »Das soll Ihre Mutter in klaren Reisschnaps einlegen und mindestens drei Wochen ziehen lassen.« Doktor Song schrieb die Anweisung zusätzlich auf einen Zettel, den er an das Päckchen heftete. Unter dem Tresen holte er noch eine kleine Flasche mit einer braunen Flüssigkeit hervor. »Bis dahin soll sie diesen Medizinschnaps hier trinken. Jeden Tag ein kleines Glas.« Und mit einem Lachen schob er hinterher: »Und nicht mehr! Richten Sie ihr das mit bestem Gruß von mir aus.«

☆

Auf dem Weg von Doktor Song ins Präsidium ging Ly zu Hause vorbei, um seiner Mutter die Medizin zu bringen und sich trockene Kleidung zu holen. Er hatte gleich ein *mit tinh* im Präsidium und wollte nicht so durchnässt, wie er war, in der Sitzung auftauchen. Und das alte Stadthaus, in dem sie wohnten, lag sowieso auf dem Weg. Er schob das Ladengitter zur Seite und stieg über die Sandsäcke, die auch hier seit Tagen lagen. Seine Mutter saß vor dem Ahnenaltar unten im Erdgeschoss. Die Räucherstäbchen glimmten. Jeden Tag zündete sie welche an, und Ly wusste, dass sie dabei in Gedanken bei seinem ältesten Bruder war. Er war 1979 im Krieg gegen die Chinesen gefallen, mit gerade einmal neunzehn Jahren, von einem Granattreffer im Unterstand verschüttet und erstickt.

Ly betrachtete seine Mutter. Ihre wässrigen Augen waren auf den aufsteigenden Rauch gerichtet. Sie war alt geworden. Es würde nicht mehr lange dauern, und auch sie wäre Ahne. Er schämte sich, nicht die Tigerknochenpaste für sie bestellt zu haben, und legte das Päckchen mit der Kräutermischung und die kleine Flasche auf ihr Bett. Er würde ihr später die Anweisungen des Arztes erklären. Jetzt ließ er sie mit ihren Erinnerungen alleine.

Fünf Minuten später trat er wieder auf die Straße. Trockene Wechselkleidung hatte er in eine Plastiktüte gestopft und ging in Richtung Präsidium. Der Regen hatte noch immer nicht nachgelassen. Als sein Handy klingelte, rannte er in eine der Hallen der Quoc-Su-Pagode, an der er gerade vorbeiging, und stellte sich unter.

»Hallo?«

»Truong hier.«

»Hey, was ist denn in dich gefahren, dass du mich mal anrufst?«, fragte Ly. Sonst war er es doch immer, der sich bei Truong meldete. Er konnte sich nicht erinnern, dass es je anders gewesen wäre. Sie kannten sich bereits seit der Grundschulzeit, und Truong war immer schon ein Eigenbrötler gewesen. Trotzdem hatte sich über all die Jahre, die sie sich nun kannten, eine Freundschaft entwickelt, die Ly wichtig war, und es störte ihn nicht weiter, dass sein Freund sich nie von sich aus meldete. Umso mehr wunderte er sich allerdings jetzt über seinen Anruf. »Ist etwas passiert?«

»Können wir uns sehen?«, fragte Truong.

»Sicher. Wie wär's morgen zum Mittagessen?«

»Hm, geht's nicht heute noch?«

»Worum geht's denn?«, fragte Ly.

»Ich ... das erklär ich dir, wenn wir uns sehen. Nicht am Telefon.«

Truong klang nervös, und Ly hätte sich jetzt gerne sofort mit ihm getroffen. Aber er konnte nicht schon wieder eine Sitzung ausfallen lassen. Sein Chef hatte ihn bereits verwarnt. »Ich muss noch in ein *mit tinh*. Danach komme ich bei dir vorbei.«

»Ruf mich an, wenn du fertig bist. Dann komme ich lieber zu euch rüber. Meine Wohnung steht voll Wasser.« Truong wohnte im Erdgeschoss in einem der baufälligen sozialistischen Wohnblocks, die schon bei weniger Regen voll Wasser liefen.

»Außerdem ist der Strom abgestellt«, fügte Truong noch hinzu. »Ich könnte dir nicht mal einen Tee kochen.«

»Bier tät's auch.«

»Das ist warm.« Truong lachte. »Also, du rufst später durch, okay?« Dann legte er auf.

Ly trat wieder in den Regen, um die letzten Meter bis zum Präsidium zu gehen.

☆

Das *mit tinh* verlief genau so, wie Ly es befürchtet hatte: Parteikommissar Bui Van Hung, der ranghöchste und älteste Kommissar im Präsidium und Lys direkter Vorgesetzter, hielt einen Vortrag über die Errungenschaften des Sozialismus und ging dann nahtlos dazu über, neueste Verordnungen des Volkskomitees zu erläutern. Diesmal ging es dabei insbesondere darum, dass kleine und zu dickbäuchige Polizisten vom Dienst auf der Straße abgezogen würden. Stattdessen sollten dort mehr hübsche junge Frauen eingesetzt werden, um das Ansehen der Polizei zu verbessern. Ly konnte darüber nur noch lachen. Erst im letzten Jahr hatte man ihnen verboten, im Dienst Sonnenbrillen zu tragen. Als ob solche Maßnahmen irgendetwas ändern würden.

Es war bereits dunkel, als er endlich aus dem Konferenzraum kam. Er rief bei Truong an, erreichte ihn aber nicht und ging nach Hause.

Duc, sein sechsjähriger Sohn, lag auf dem Bett, den Kopf auf die Hände gestützt, und schaute »Tom und Jerry«. Sein Hamster kletterte auf seinem Rücken herum.

»Hallo, Duc. Alles okay?«, fragte Ly.

Ohne den Blick vom Bildschirm abzuwenden, sagte Duc: »Ich hab Hunger.«

Ly schaute auf die Uhr. Es war kurz nach sieben. Vor neun würde Thuy nicht nach Hause kommen. Sie begleitete ihre Reisegruppen meist noch zum Abendessen.

»Wo ist deine Schwester?«

»Weg.«

»Das sehe ich. Hat sie gesagt, wo sie hin ist?«

Duc schüttelte den Kopf. Ly seufzte. Huong könnte sich ruhig auch mal um ihren kleinen Bruder kümmern. Stattdessen war sie dauernd unterwegs. Sie kam nur noch zum Schlafen nach Hause.

»Was willst du essen?«, fragte Ly.

»Pizza.«

Dieses Pappzeugs, dachte Ly. Aber gut. Zum Kochen hatte er jetzt keine Lust mehr. Bevor er loslief, um die Pizza zu holen, rief er noch einmal bei Truong an. Doch der nahm auch diesmal nicht ab. Sicher würde er später einfach vor der Tür stehen. Das würde zu ihm passen. Ly fragte sich, was er wohl mit ihm besprechen wollte, hatte aber keine Idee.

Als Ly mit der Pizza für Duc und Frühlingsrollen für sich selbst zurückkam, war er zum x-ten Mal an diesem Tag bis auf die Haut durchnässt. Er zog sich um und versuchte noch einmal, bei Truong anzurufen. Langsam ärgerte er sich. Erst war es Truong so wichtig, ihn zu sprechen, und jetzt war er nicht erreichbar.

Sie aßen vor dem Fernseher. Duc legte seinen Kopf

auf Lys Bauch und verschmierte sein Hemd mit Tomatensoße. Aber das war Ly egal. Es war gemütlich, und er genoss es. Duc schlief ein. Und auch Ly döste weg. Er hörte Thuy noch, als sie nach Hause kam, doch er öffnete seine Augen nicht mehr.

☆

Am nächsten Tag brach die Sonne endlich durch den trübgrauen Himmel. Der Regen hatte aufgehört, und innerhalb von Stunden war das Wasser aus den Straßen abgeflossen.

Ly saß bei seinem Freund Minh in dessen *bia hoi*, einem Straßenlokal in der Altstadt. Er klopfte eine *Vinataba* aus der Packung und zündete sie an. Seine Hände zitterten.

»Mensch, Ly, hilf mir doch endlich mal.« Minh schnaufte und zerrte einen der Sandsäcke, mit denen er die Küche seines *bia hoi* vor dem Wasser geschützt hatte, auf die Straße. Heute war der erste Tag, an dem er sein Lokal wieder öffnen konnte. Mehrere Gäste saßen bereits draußen auf dem Gehweg unter dem alten Mandelbaum.

Ly blieb sitzen. Er atmete den Rauch seiner Zigarette tief ein und hielt ihn lange in den Lungen. Er konnte es einfach nicht glauben. Truong war tot.

Der Rechtsmediziner Dr. Quang hatte Ly vorhin angerufen. Truong habe einen Stromschlag erlitten, vermutlich als er seinen Kühlschrank angefasst hat. Dr.

Quangs Berechnung zufolge sei er gestern zwischen vier und sieben Uhr gestorben. Die Hauswartin, die regelmäßig bei Truong putzte, hatte ihn am Morgen auf dem Boden in seiner Küche gefunden.

»Und ich hab mich noch über Truong geärgert, weil er nicht mehr erreichbar war«, sagte Ly. »Wenn ich doch nur gleich hingefahren wäre, als er mich angerufen hat. Vielleicht hätte ich ihn …«

»Hör auf. Es ist nicht deine Schuld«, unterbrach Minh ihn und trat gegen einen Sandsack, bis er über die Eingangsstufe auf die Straße fiel. »Hast du Truongs Schwester schon angerufen?«

Ly nickte. Truong hatte weder Frau noch Kinder gehabt. Seine Schwester, die in der Nähe von Saigon lebte, war die einzige Verwandte. »Gleich nachdem ich's erfahren habe«, sagte er. »Ich wollte nicht, dass es ihr irgend so ein Typ aus der Verwaltung sagt.« Tränen traten Ly in die Augen, und er stützte die Stirn auf seine geballte Faust, so dass Minh es nicht sehen konnte. Er rief sich sein letztes Telefonat mit Truong ins Gedächtnis. Worüber hatte Truong bloß mit ihm sprechen wollen? Es musste wichtig gewesen sein, sonst hätte er ihn doch nicht angerufen. Hätte er doch nur dieses verfluchte *mit tinh* ausfallen lassen.

Minh stellte Ly ein Bier auf den Tisch. Mit dem Hemdsärmel trocknete Ly seine Augen, hob den Kopf und trank das Glas in einem Zug aus. »Irgendwas stimmt da nicht«, sagte er. »Er hat mir selbst noch gesagt, dass er keinen Strom in der Wohnung hat.«

»Vielleicht hat er ihn wieder angestellt?«, sagte Minh und versuchte, den nächsten Sandsack hochzuhieven. Voll Wasser gesogen, war er sogar für einen kräftigen Mann wie Minh zu schwer.

»Blödsinn«, sagte Ly. »Er hat im Erdgeschoss gewohnt. Mit Wasser in der Wohnung stellt er doch nicht den Strom an.«

Minh gab nur ein Brummen von sich.

»Verdammt, das war kein Unfall«, sagte Ly so laut, dass die anderen Gäste sich nach ihm umdrehten.

»Mann, Ly«, fuhr Minh ihn an und ließ den Sandsack mit einem Ächzen fallen. »Es reicht. Nicht jeder Tod ist gleich ein Mordfall.«

Dieser vielleicht schon, dachte Ly, trat seine *Vinataba* aus und zerknüllte die Packung mitsamt den Zigaretten. Sie schmeckten bitter und kratzten im Hals. Er hatte mal wieder eine dieser chinesischen Fälschungen erwischt. Man munkelte, sie würden impotent machen. Irgendwann würden die Chinesen sie noch alle ausrotten.

Minhs Frau kam die Treppe herunter. Auf ihren Unterarmen balancierte sie geschickt mehrere Teller. Bis im Erdgeschoss aufgeräumt war, kochte sie oben in der Wohnung.

»Hallo, Ly, du hast sicher Hunger«, sagte sie mit einem Lächeln und stellte die Teller vor ihn auf den Tisch. In Reismehl panierte Rippchen, Rinderhackspieße mit Zitronengras und in Knoblauch gedünsteten Pak-Choi-Kohl. Aber Ly konnte jetzt beim besten

Willen nichts essen. Sobald Minhs Frau wieder die Treppe hinauf verschwunden war, schüttelte er entschuldigend den Kopf und sagte: »Ich hätte lieber noch ein Bier.«

»Warte.« Minh verschwand in der Küche. Ly hörte, wie er Kisten verschob. Irgendetwas fiel scheppernd auf den Boden. Als er schließlich zurückkam, hielt er eine bauchige Schnapsflasche in der Hand. In der bernsteinfarbenen Flüssigkeit lag eine aufgerollte Kobra zusammen mit einer Ginsengwurzel und kleinen roten Bocksdorn-Beeren. »Die trinken wir jetzt. Auf Truong.«

☆